溺れる女

大石 圭

角川ホラー文庫
21777

目次

プロローグ

大都会の真ん中に摩天楼のように聳《そび》え立つ高層ホテル。

その上層階の静まり返った廊下をひとりの女が歩いている。薄いストッキングに包まれた細い脚を震わせ、黒く光る樹脂製のキャリーバッグを引いて歩いている。

女はその骨ばった体に張りつくようなワンピースを身につけている。胸から上の部分が剝《む》き出しになったワンピースで、黒くて薄い生地を通して臍《へそ》の窪《くぼ》みや突き出した腰骨の形がはっきりとうかがえる。女がまとったワンピースの裾《すそ》は、ほんの少し身を屈《かが》めたら下着が見えてしまいそうなほどに短い。

女が一歩踏み出すたびに、身につけているアクセサリーの数々が揺れて光る。恐ろしく高いパンプスの細い踵《かかと》が、廊下に敷き詰められた分厚いカーペットに深々と沈み込む。強張《こわば》った女の顔には素顔がわからないほど濃密な化粧が施されている。痩《や》せた体からは、スズランやジャスミンの花を思わせる甘い香りが立ち上っている。

廊下にはそれほど強い冷房が利いているわけではない。それなのに、剝き出しになった女の腕や肩は鳥肌に覆われている。その女には皮下脂肪がほとんどないために、寒さにひどく弱いのだ。

長くて真っすぐな廊下の両側には、マホガニー製のドアがずらりと並んでいる。そのドアのひとつの前で、女はその足を止める。骨ばった手を胸に当てて深呼吸を繰り返す。女の手の爪は派手な色のエナメルに彩られている。

大丈夫よ、奈々《なな》。大丈夫。大丈夫。嫌なことなんて、あっという間に終わってしまうのよ。

心の中で、女は自分に言い聞かせる。それから、恐る恐る右手を伸ばし、分厚いドアをそっとノックする。

ノックの数秒後に、目の前にあるドアが静かに開かれた。

ドアを開けたのは、でっぷりと太った中年男だった。男は大柄な体に白いタオル地のバスローブをまとい、ホテルのロゴマークの入った白いスリッパを履いている。

バスローブの裾から突き出した男の太い脛《すね》には、真っ黒な縮れた毛が密生している。はだけたバスローブのあいだから覗《のぞ》く胸も、同じような毛に覆われている。

「皐月倶楽部《さつきくらぶ》のアケミです」

男の胸の辺りを見つめた女が、声を震わせて言う。

外国人だというその男には、もしかしたら、女の言葉が理解できなかったかもしれない。それでも、男は無言のまま女を室内に招き入れ、その直後に分厚いドアをそっと閉めた。

彼女はこれまでにも、このホテルの宿泊客から何度となく呼びつけられていた。だから、いろいろなタイプの客室の造りを知っていた。彼女が今いる部屋はデラックス・ツインルームと呼ばれるタイプで、ほかの多くの客室と同じように、カーテンを開け放った大きな窓から大都会の夜景が一望できた。光に埋め尽くされたその夜景は、地上の銀河のようだった。

女が室内を見まわしているあいだ、男のほうは、彼女の体を値踏みでもするかのように不躾《ぶしつけ》に見まわしていた。

やがて男が、肉に埋もれかけている小さな目で、女の目をじっと見つめた。

その瞬間、女はぶるるっと身を震わせた。

けれど、その震えが恐怖のためなのか、寒さのためなのかはよくわからなかった。女にはもう、それを考えている余裕もなかった。

男は無言のまま女に歩み寄ると、痩せたその体を骨が軋《きし》むほど強く抱き締めた。そして、女の唇に自分のそれを無造作に重ね合わせ、女の口の中を舌で掻《か》きまわしながら、ほんのわずかな膨らみしかない胸を太い指で乱暴に揉《も》みしだいた。

「うっ……むっ……うむうっ……」

胸を荒々しく揉まれた女が、濃い化粧が施された顔を悩ましげに歪《ゆが》めた。女は骨ばった体を左右によじりながら、男の口の中に苦しげな呻《うめ》き声を漏らした。男のキスはとても執拗《しつよう》で、息が止まってしまいそうだった。

男は十数秒にわたって唇を貪《むさぼ》りながら、女の乳房を揉みしだいていた。それから、ようやく手を放し、身につけていたバスローブの紐《ひも》を解いて、その合わせ目を左右に広げた。

バスローブの下に男は下着を身につけていなかった。黒々とした毛に覆われた男の股《こ》間《かん》では、男性器がほとんど真上を向いてそそり立っていた。

男が言葉を口にした。だが、女にはその外国語を理解することはできなかった。

次の瞬間、男が太い右腕を無造作に伸ばした。そして、女の髪をがっちりと鷲摑《わしづか》みにし、その手に強い力を込めて彼女の頭を押し下げようとした。

「あっ……いやっ……乱暴はやめてください」

髪を摑まれた女が、声を喘《あえ》がせて訴えた。

だが、男にはやはり、日本語がわからないようだった。それとも、わかっているのだろうか？

いずれにしても、彼女はすでに、その男が自分に何をさせたがっているのかを理解していた。以前にも別の男たちに、同じようなことをさせられたことが何度かあったから。

女は細い脚を折り曲げて男の足元に蹲《うずくま》った。ただでさえ短いワンピースの裾が大きくせり上がり、太腿《ふともも》のほとんどすべてがあらわになった。

跪《ひざまず》いたことによって、剝き出しの男の股間が彼女の顔の真ん前に位置する形になった。できることなら、男にシャワーを浴びてきてもらいたかった。けれど、彼女にはそれを口にする資格が与えられていなかった。

そう。ここで彼女に許されているのは、服従することだけだった。

男が自分の性器を握り締め、分泌液に光るその先端を女の唇に近づけた。

頑張りなさい、奈々。頑張るのよ。頑張るのよ。

女は自分にそう言い聞かせ、アイラインに縁取られた目をしっかりと閉じた。そして、すぐ目の前にそそり立っている男性器に口を寄せ、鮮やかなルージュに彩られた唇をそこにゆっくりと被《かぶ》せていった。

第一章

1

山あり谷ありの暮らしは、もう終わったのだ。一ヶ月後のことどころか、あしたのことさえ見当がつかないような日々は、もう過去のものになったのだ。

あの頃、わたしはそんなふうに考えていた。これから先は、平凡で退屈で、面白みがないかもしれないけれど、平らで見通しのいい安全な道を、静かな気持ちで歩いていくことができるのだ、と。

そんなわたしの人生が、再び音を立てて動き始めたのは、七月半ばの日曜日、とても蒸し暑い日の夕暮れ時のことだった。

その午後、わたしは婚約者の飯島一博《いいじまかずひろ》とふたりで都内にある大きな結婚式場にいた。数人の女性スタッフの甲斐甲斐《かいがい》しい世話を受けながら、三ヶ月後の式で身につけるウェディングドレスや、お色直しの時に着るドレスなどを選んでいた。

ここ数日と同じように、きょうも猛暑日になる予報で、午前中から気温がぐんぐんと上がっていた。わたしと会ってからの一博は、「暑い」「暑い」と馬鹿のひとつ覚えのように繰り返していた。建物の中には強すぎるほどの冷房が利いていたにもかかわらず、一博にはまだ暑くてたまらないようで、分厚い脂肪の層に覆われた彼の体からは汗のにおいが絶え間なく立ち上っていた。

そんな一博とは対照的に、ドレスを選んでいるあいだ、わたしはずっと震え続けていた。皮下脂肪がほとんどないためか、わたしは極端に寒さに弱いのだ。

一月に何十組ものカップルが結婚式を挙げるというその式場には、数百着という数のドレスが用意されていた。そんなこともあって、わたしはひどく迷い、九着か十着ものウェディングドレスを試着した。

新たなドレスを身につけたわたしの姿を目にするたびに、一博は「うん。すごく似合う」「そのドレスも似合うなあ」「さっきのもいいけど、こっちのほうが素敵かなあ?」「奈々ちゃんは脚が綺麗《きれい》だから、ミニのドレスもいいなあ」などと興奮した口調で言った。

その彼の言葉が、わたしをさらに迷わせた。

「ああっ、僕にはもう、何が何だかわからない。ドレスの件は奈々ちゃんに一任するから、奈々ちゃんがいいと思うものに決めてくれ」

ついには一博が、投げやりな口調でそう言った。

「そんなこと言わずに、カズさんも一緒に選んでよ」

わたしは口を尖《とが》らせて抗議した。一博との交際を始めてすぐに、わたしは年上の彼を

『カズさん』と呼ぶようになっていた。彼のほうは、いつの頃からかわたしを、『奈々ちゃん』と呼んでいた。

奈々ちゃん。

両親や祖父母にそう呼ばれたことはない。友人たちからも『奈々ちゃん』と呼ばれた記憶はない。けれど、一博と付き合う前から、わたしはその愛称で呼ばれることに慣れていた。

「僕はもうダメだ。どれが良くて、どれが悪いかなんてわからないよ。奈々ちゃんも知っての通り、僕はまるでモテないから、女の服のことはちんぷんかんぷんなんだ」

式場の女性スタッフたちが目の前にいるというのに、彼は自分が『モテない男だ』ということを宣言した。

わたしは思わず微笑んだ。彼のそんな率直さも、わたしの好きなところだった。

十月の半ばにわたしの夫となる飯島一博は、わたしより五つ年上の三十四歳だった。身長が百六十センチしかない彼はわたしより背が低く、手足が短くて、ずんぐりとした不恰好《ぶかっこう》な体つきをしていた。聞いたところによれば、体重は百キロほどあるということだった。おまけに色白の赤ら顔で、鼻が低くて目が細くて、美男子という言葉の対極にいるような人だった。さらにその上、頭のてっぺんが禿《は》げかかっていたから、今まで彼と付き合ってもいいと考えた女がひとりもいなかったというのはもっともな話だった。

それでも、一博と結婚することに迷いはなかった。それは一博が名の知れた総合商社に勤務する高給取りだったからではなく、彼の人柄に惹《ひ》かれたからだった。

一博はいつも朗らかで、にこやかで、どんな時でもわたしに優しく接してくれた。そして、わたしのことを娘のように甘えさせてくれた。

甘えることに慣れていないわたしに、彼は甘えることの心地よさを教えてくれたのだ。

一博は今、仕事がとても忙しいようで、土曜日や祝日にもたいてい出社していた。そんなこともあって、わたしとは日曜日にしか会えないことが多かった。

迷い迷った末に、わたしは海外から輸入されたという光沢のあるサテン地のドレスを式で着ることに決め、試着室でそれをもう一度身につけた。最終的にわたしが選んだのは、胸から上の部分が剝《む》き出しになった真っ白なベアトップのドレスで、レースがふんだんに使われていて、ふわりと広がった長いスカートがとてもゴージャスで、ウェストの部分が細くくびれたものだった。

「うわーっ、綺麗だなあ。奈々ちゃん、ファッションモデルがいるみたいだよ」

試着室を出たわたしを見つめた一博が、興奮したように言った。

「お客様はスタイルが本当によくていらっしゃいますから、どんなドレスもお似合いですけど、実はわたしもさっきから、ウェストの細さが際立つこちらのドレスがいちばんお似合いだと思っていたんですよ」

二時間以上ものあいだ、ドレス選びに根気よく付き合ってくれた若い女性スタッフが、にこやかな笑顔を浮かべてそんなお世辞を口にした。

「そうかしら?」

「ええ。まるでお客様のためにオーダーメイドされたみたいですよ」

女性スタッフがなおもお世辞を言い、わたしは大きな鏡に映った自分の姿をまじまじと見つめた。

一博が言った通り、鏡の中の女の体には皮下脂肪がほとんどなく、肩が鋭く尖っていて、二の腕が引き締まっていて、ファッションショーのステージを颯爽《さっそう》と歩いているモデルたちに負けないほどに痩《や》せていた。ウェストは本当に細くくびれていて、自分でもどこに内臓を収めるスペースがあるのだろうと思ってしまうほどだった。

一博が化粧の濃い女を嫌うので、ふだんのわたしはほとんど化粧をしない。けれど、きょうはうっすらと化粧を施していた。左の薬指ではきょうも、一博から贈られた大粒のダイヤモンドが光っていた。

「奈々ちゃんがハイヒールを履いているのを初めて見た気がするな」

わたしの足元を見つめた一博が、急に思いついたかのように言った。わたしはスタッフの女性が用意してくれた、とても踵《かかと》の高い純白のパンプスを履いていた。「ハイヒールは好きじゃないんだけど、奈々ちゃんにはよく似合ってるよ」

「そうね。わたし、ハイヒールはめったに履かないから」

さりげない口調で、わたしは言った。

けれど、それは嘘だった。

一博は何も知らないけれど、わたしは踵の高い靴を履くことに慣れているのだ。

式場を出たのは、もう少しで午後五時になろうかという頃だった。わたしたちは歩いて数分ほどのところにある地下鉄の駅に向かって、急な坂道をゆっくりと上っていた。式場の近くには高校や大学があるせいで、歩いているのは若い人たちばかりだった。太陽はかなり西に傾いてはいたけれど、気温はいまだに高いままだった。風はなく、空気はじっとりと湿っていて、まるでサウナにでも入っているかのようだった。

「奈々ちゃん、駅までタクシーに乗ろうよ」

坂道の途中で足を止めた一博が喘《あえ》ぐように言った。苦しげに歪《ゆが》んだ彼の顔は汗まみれで、たっぷりと肉のついた顎《あご》には汗の雫《しずく》が溜《た》まっていた。

太っているせいか、一博は体を動かすのが嫌いだった。いや、体を動かすのが嫌いだからこそ、こんなにも太ってしまったのかもしれなかった。

「でも、駅は目と鼻の先よ。カズさん、頑張ってもう少し歩きましょうよ」

坂道の前方を指差してわたしは言った。できることなら、冷房の利いたタクシーに乗りたくなかったのだ。

一博には申し訳なかったけれど、冷房で体の芯《しん》まで冷えきっていたわたしには、この気温の高さがとても心地よかった。

周りを歩いている若い女たちの多くは、腕や脚を剝き出しにしていた。タンクトップの裾《すそ》から臍《へそ》を覗《のぞ》かせている女の子もいた。けれど、寒がりのわたしは白い半袖《はんそで》のブラウスの上に薄手のカーディガンを羽織り、少し厚手のチェックのパンツという格好をしていた。背の低い一博がハイヒールを嫌うので、きょうもわたしはペタンコのパンプスを履いていた。

わたしたちはこれから、一博が予約したフランス料理店でフルコースの夕食をとることにしていた。脂っこいものに目がない彼は、バターをたっぷりと使ったフランス料理が好きだった。

「わかったよ、奈々ちゃん。それじゃあ、駅までなんとか頑張るよ」

息を切らせて一博が言い、再び足を引きずるようにして歩き始めた。

一博に微笑んでから、わたしは顔を上げた。そんなわたしの視界に、前方から歩いて来る男の姿が飛び込んできた。

その男とわたしたちはまだ三十メートル以上は離れているというのに、彼がすらりとした体つきで、かなり整った顔立ちをしていることが何となく見て取れた。

わたしたちは急な坂道を登り続け、すぐに前方から歩いて来る男の顔がはっきりと見えるようになった。

その瞬間、思わず声が出そうになった。けれど、わたしは喉元《のどもと》まで出かかったその声を、何とか抑え込んだ。

急な坂道の途中で擦れ違う時に、その男と目が合った。整った男の顔に、微《かす》かな驚きの表情が現れた。

そう。彼もわたしに気づいたのだ。

もちろん、わたしは足を止めなかった。

きっと彼は立ち止まったのだろう。けれど、それは定かではない。わたしは振り向かなかったから。

2

わたしの名は奈々。平子《ひらこ》奈々。

二十九年前の四月の初めに、わたしは日本海に面した地方都市で生まれた。銀行員の父は転勤族だったから、わたしたち家族は父が異動になるたびに日本海側の都市を転々とした。母は基本的には専業主婦だったが、パートタイムで働くこともあった。

父はすらりとした美男子で、笑顔が素敵な男だった。母もまた美しい人だったが、昔から体重の増加に悩まされ続けていたようで、今も毎日のようにダイエットと美容体操に励んでいた。

わたしには史奈《ふみな》という名の二歳下の妹がいる。わたしと同じように東京の大学を出た史奈は百貨店の販売員をしていたが、二年前に同僚の男と結婚して都内のマンションに住んでいる。少し前に女の子を出産し、今は百貨店に復職し、子供を育てながら働いている。

史奈とわたしは実の姉妹だったけれど、似ていると言われたことはほとんどない。容姿も性格も正反対と言っていいほど違っていたからだ。

妹の史奈はアイドルのように可愛らしい容姿の持ち主で、小学生の頃からクラスの男の子たちの人気者だった。妹の周りにはいつも男の子たちが群がっていて、四年生の時には早くもボーイフレンドがいたと聞いている。

そんな妹とは対照的に、姉のわたしはまったくモテなかった。男子生徒から話しかけられることもほとんどなかった。

男子だけでなく女子生徒たちからも、わたしは少し怖がられているような存在だった。生真面目でめったに笑わず、冗談を口にすることもないので、みんなにはとっつきにくく感じられたのだろう。

妹の史奈は小学生の頃からお洒落《しゃれ》をすることに夢中で、学校に行く前には毎朝、どんな服を着ていくかでさんざん迷い、鏡の前で何着もの服を身につけていた。

けれど、当時のわたしはそういうことにはほとんど関心がなかった。着飾ったり、お洒落をしたりするのは、男に媚《こ》びているような気がしたのだ。妹はいつも髪を伸ばして、毎日、違う色のリボンをつけていた。だが、姉のわたしはずっとショートカットにしていた。髪が短いほうが、洗うのが簡単だったからだ。わたしは近眼で、小学生の頃からレンズの分厚い眼鏡をかけていたが、コンタクトレンズにしようと考えたこともなかった。

男の子たちの目を気にして、史奈は中学生の頃からダイエットに励んでいた。母に似たのか、史奈もわたしも太りやすい体質だった。

けれど、わたしはダイエットのことなど考えたことがなかった。だから、あの頃はかなりぽっちゃりとした体つきをしていた。けれど、男たちの目を気にしてダイエットをする妹の気持ちが、あの頃のわたしにはまったく理解できなかった。

あの頃から、わたしは男と対等でありたいと考えていた。なぜ、そう考えるようになったのか、自分でもわからないけれど、間違っても、男の言いなりになって、男に振りまわされるような人生は送りたくないと思っていた。

男と対等でありたいという思いから、学校でのわたしは勉強に励んだ。そうすることで、男と対等の職業に就けると考えたのだ。

第一志望の私立大学の法学部に合格したわたしは、十九歳の誕生日を迎える少し前に親元を離れ、今も住んでいる世田谷《せたがや》区内のワンルームマンションでひとり暮らしを始めた。

大学でもわたしは勉強に励んだ。あの頃のわたしは、弁護士や判事や裁判官などの仕事に就きたいと考えていた。そして、自分なら、その夢を叶《かな》えられるはずだとも思っていた。

あの男と出会うまでのわたしは、人生は自分の力で切り開けると考えていたのだ。

3

その晩、東京駅近くのフランス料理店の窓辺のテーブルに向き合って、わたしたちはフルコースのディナーを食べた。

一博が予約したのは、フランスで修行をした三十代のシェフが何年か前にオープンさせた店だった。その店はもともと評判が良かったようだが、シェフがコンテストで金賞を受賞してからは人気に火がついて、今夜の予約を取るのに一博は苦労したようだった。

次々と運ばれてくる料理の数々は、料理も器もとても美しくて、手をつけてしまうのがもったいなく感じられるほどだった。

手の込んだものを食べ慣れていないわたしには、料理の味はよくわからなかった。それでも、美食家の一博が「美味《おい》しい」「美味しい」と笑顔で繰り返していたから、わたしも彼に合わせて「美味しいわね」という言葉を何度となく口にしていた。

落ち着いた雰囲気の店内には、音量を抑えた音楽が流れていた。テーブルの中央には小さな蠟燭《ろうそく》が立てられていて、その先端でオレンジ色の炎が揺れていた。それぞれのテーブルには小さな花瓶に生けられた花が飾られていて、わたしたちのテーブルにはピンクのガーベラが生けられていた。

ソムリエが料理ごとに合わせて選んでくれる白や赤のフランスワインを飲みながら、わたしたちは近く購入するつもりの新居の話をした。

庭に囲まれた家で育ったという一博は、庭付きの一戸建てを買いたがっていた。今、新居として第一候補に上がっているのは、横浜《よこはま》の丘の上に建てられた新築の一戸建てで、その家の窓からは遠くに横浜港を望むことができた。

「僕と同じように食べてるのに、奈々ちゃんはちっとも太らないんだね」

チューリップ型の大きなグラスを手にした一博が、まじまじとわたしを見つめて言った。

どう返事をしていいかわからず、わたしは一博の丸顔を見つめて無言で微笑んだ。

「僕なんか、水を飲んでも太るのに……奈々ちゃん、その体型を維持するために、何か特別なことでもしているのかい？」

「特別なことなんて、何もしていないわ」

口の中の牛フィレ肉を飲み込んでからわたしは言った。けれど、それも嘘だった。

新居の話のあとでは新婚旅行の話をした。一博の提案で、わたしたちはイタリアを訪れることになっていた。ローマ、フィレンツェ、ベネチア、ジェノバをまわるという十日間のツアーで、日本とイタリアとの往復には旅客機のビジネスクラスを使う予定だった。

「奈々ちゃんとふたりで、イタリアを旅できるなんて夢のようだよ」

嬉《うれ》しそうに一博が言った。彼は国立大学の経済学部の学生だった頃に、ひとりでイタリア各地を貧乏旅行したことがあるということだった。

二種類のデザートを食べ終え、コーヒーが運ばれて来た時に、わたしは店の片隅にあるトイレに向かった。

店内と同じようにトイレの中はとても清潔で、音量を抑えた音楽が流れていた。棚には小さなガラスの花瓶が置かれ、そこに白いミニ薔薇《ばら》が活《い》けられていた。

ドアにしっかりと鍵《かぎ》をかけてから、わたしは白い便器の前に蹲《うずくま》った。そして、便器に顔を近づけ、骨ばった指を口の中に深々と押し込み、指先で舌の奥を強く圧迫した。

すぐに胃が痙攣《けいれん》を始めた。その直後に、たった今食べたばかりのものが口から勢いよく飛び出し、真っ白な便器の中に流れ落ちた。

途中でわたしは顔を上げ、トイレの水を流した。それから、再び便器に顔を近づけ、胃の中のものをすべて吐き出してしまうために口の中に指を押し込んだ。

一博と夕食をとったあとのわたしは、いつもこんなふうにして食べたばかりのものを便器に吐き出していた。一博と一緒でない時も、食べすぎたと感じた時には、ためらうことなく嘔吐《おうと》していた。

摂食障害。

そういうことなのだろう。食べるということに、わたしは罪悪感のようなものを抱いているのだ。

再び水を流しながら、わたしはあの男の顔を思い浮かべた。わたしが摂食障害になってしまったのは、坂道で擦れ違ったあの男のせいなのだ。

4

江口《えぐち》慎之介《しんのすけ》と出会った時、わたしは法学部の三年生だった。当時、わたしが所属していた文芸サークルに、経済学部に入学したばかりの彼が入ってきたのだ。

わたしが法学部に進学したのは、法律に関係する職に就きたいと望んでのことだった。けれど、心のどこかでは密《ひそ》かに『小説家になれたら、素敵だろうな』とも考えていた。

本を読むのが好きだったわたしは、高校生だった頃から自分でも小説を書いていた。

わたしが所属していたサークルは定期的に文芸誌を発行していて、サークルのメンバーは順番でその雑誌に小説や戯曲やエッセイなどを発表し、全員でその批評をしていた。サークルの会員の多くは、わたしと同じように小説家になることを夢見ていた。

男子禁制というわけではないのだが、そのサークルでは四十数人のメンバーのほとんどが女子学生で、男子学生は数えるほどしかいなかった。その年は新しい男子会員を獲得するために、入学式の当日からメンバー全員で頑張って勧誘活動に精を出したのだけれど、結局、あの年、サークルに入ってきた男子の一年生は江口慎之介だけだった。

江口慎之介は経済学部の学生だった。彼はすらりと背が高く、手足がとても長く、アイドルグループの一員のように甘い顔立ちをしていた。明るくお茶目で、お喋《しゃべ》りで愛嬌《あいきょう》があり、いかにも甘えん坊のような顔つきをしていた。

江口慎之介が初めてメンバーの前に姿を現した瞬間、部室に軽いざわめきが起きた。彼に向けられた女子学生たちの目には、憧《あこが》れの芸能人を目にした時のような表情が浮かんでいた。『可愛い子ね』『すごくかっこいい』などと、とても嬉しそうな顔をして囁《ささや》き合う者たちもいた。

江口慎之介を初めて見た時には、わたしも『かっこいい子だな』と思った。『女にモテるんだろうな』とも思った。

けれど、それだけだった。わたしの目に江口慎之介は、とても子供っぽい男に映った。四月生まれのわたしは、数日前に二十一歳になっていた。江口慎之介は二学年下だったが、三月の終わりの生まれの彼は十八歳になったばかりだったから、わたしとはほとんど三歳違いという計算だった。すでに大人の女だった二十一歳のわたしが、一ヶ月ほど前まで高校生だった少年を『子供っぽい』と感じたのは無理もないことだろうと思う。

わたしたちの文芸サークルでは、お互いが書いた小説や戯曲やエッセイについて、いつもとても真剣に意見を交しあっていた。声を張り上げてやりあうことも少なくなく、会合の場にはいつも真面目な雰囲気が漂っていた。

江口慎之介が入会してきてからは、すべてのことが大きく変わった。彼がふざけたり、おちゃらけたりしてばかりいたからだ。

　江口慎之介が馬鹿げたことを口にして議論を中断させるたびに、わたしはひどく苛立《いらだ》った。生真面目なわたしは、ふざける人間が好きになれないのだ。彼が耳にピアスを嵌《は》めていることや、ペンダントや指輪を光らせていることも気に入らなかった。

　けれど、わたし以外の女子学生たちはそうは考えていないようで、江口慎之介の馬鹿馬鹿しいダジャレや冗談にいちいち反応し、甲高い声をあげて嬉しそうに笑っていた。

　どんな教育を受けてきたのかは知らないが、江口慎之介は女子の体に平気で手を触れていた。それだけでなく、女子学生の化粧やヘアスタイルや着ているものを褒めたり、『小池《こいけ》さんは脚が綺麗《きれい》なんですね。見とれちゃいます』とか『青山《あおやま》さん、ミニスカートがすごくセクシーですね。さっき白いパンツがちらっと見えましたよ』とか『船越《ふなこし》さんは胸が大きいんですね。ブラのサイズはFですか？』などと言ったりもした。

　それは完全なセクシャルハラスメントだった。もし、ほかの男子学生がそんなことを口にしたら、女たちの大ブーイングを受けるに違いなかった。

　けれど、不思議なことに、その言葉に気を悪くしている女はひとりもいないようだった。それどころか、彼女たちは江口慎之介の言葉を喜んでいるようにも見えた。

　わたしは何度も江口慎之介に注意をしようとした。実際、『馬鹿なお喋りのために集まってるわけじゃないのよ』『ふざけたいなら出て行って』などという言葉が何度も出かかった。

けれど、そのたびにわたしは、喉元《のどもと》まで出かかった言葉を何とか抑え込んだ。繰り返すようだけれど、江口慎之介はわたしが好きなタイプの男とはかけ離れた存在だったのだ。どちらかと言えば、嫌いなタイプだったのだ。

だから、彼から『平子さん、僕と付き合ってくれませんか』と言われた時は、言葉が出ないほどに驚いた。

5

飯島一博とわたしがフランス料理店を出たのは、間もなく午後九時になろうとしている頃だった。

店を出たわたしたちはタクシーで渋谷《しぶや》へと向かった。日曜日の晩にはたいていそうしていたのだ。渋谷の繁華街の外れには、いかがわしいホテルが林立している区域があった。

一博もわたしも都内のマンションにひとり暮らしをしているから、性行為をするならどちらかの部屋に行けばいいだけのことだった。だが、一博はどういうわけか、けばけばしい雰囲気のラブホテルが好きなようだった。

その日曜日の晩、わたしたちが行ったのは、これまでにも何度か訪れたことのあるラブホテルだった。そのホテルにはいくつものタイプの部屋があったが、どの部屋も悪趣味でけばけばしいものだった。

今夜の部屋は壁のすべてがショッキングピンクで毒々しく塗られていた。サテンのベッドカバーもショッキングピンクだった。巨大なベッドの真上の天井と、壁の二面には、とても大きな鏡が貼りつけられていた。天井からはミラーボールがぶら下がっていて、スイッチを入れればそこから放たれた七色の光が室内を毒々しく照らすはずだった。

部屋に入った瞬間、わたしは思わず身震いした。その部屋にも強い冷房が効いていた。タクシーの車内も寒かったから、わたしは体の芯《しん》まで冷え切っていた。

一博はすぐにわたしを抱きしめようとした。けれど、わたしは彼の手をそっと振り払って、先にシャワーを浴びてくれるようにと懇願した。

汗まみれの彼に抱かれるのは、どうしても我慢ができなかった。フランス料理店にいる頃から、わたしは彼の全身から絶えず立ち上っている汗のにおいに辟易《へきえき》していた。

一博は渋々といった態度で、浴室に向かったが、今夜も五分ほどでそこから出てきた。

「奈々ちゃん、シャワーを浴びてきた。これでいいよね？」

左右の腕を擦《こす》りながらベッドの端に腰掛けていたわたしに、ボクサーショーツだけの格好をした一博が言った。

赤らんだ一博の顔には好色な表情が現れていた。ボクサーショーツの生地を通して、硬直している男性器の形がはっきりと見えた。

彼は若い男のように性欲が旺盛《おうせい》で、ラブホテルに来るたびに二度も三度もわたしを求めた。時にラブホテルに泊まるようなことがあると、夜中にも眠っているわたしを起こして体を求めた。

ベッドの端に腰掛けたまま、わたしは浴室のドアのところに立った一博を見つめた。

彼の裸体は何度となく目にしていた。けれど、何度見ても、その醜さには慣れることができなかった。

彼の体はすべての部分が分厚い脂肪の層に覆われていた。それはまるで小柄な相撲取りが立っているかのようだった。妊婦のような彼の腹部は、その重さで垂れ下がっていた。首にもたっぷりと肉がついていて、どこまでが顔で、どこからが首なのかがよくわからないほどだった。それだけでなく、いつも汗ばんでいるベタベタとしている体には、そのいたるところに赤い吹き出物が無数にできていた。

「奈々ちゃん、こっちにおいで」

好色な顔をした一博が命じ、わたしはゆっくりとベッドから腰を上げた。けれど、そこに立っていただけで、彼に向かって行くことはしなかった。

一博はそんなわたしに歩み寄り、剝《む》き出しの太い腕でわたしの体を強く抱き締め、わたしの口に自分のそれを重ね合わせた。ボクサーショーツの中の硬い男性器が、わたしの太腿《ふともも》を圧迫するのが感じられた。

一博とわたしが初めて体の関係を持ったのは、交際を始めて数ヶ月がすぎた頃、今からだと半年ほど前のことだった。

性行為をしたことが一度もないという彼には、女をどう扱えばいいかがまったくわからなかったようで、その行為はとてもぎこちないものだった。性交どころか、彼はキスをしたことも、女を抱き締めたこともないということだった。

それでも、一博に経験がないということに、わたしはホッとしてもいた。未経験の彼なら、わたしが処女ではないことを見抜けないはずだと思ったから。

もしかしたら、一博にはわたしが処女であっても、そうでなくても、どちらでもよかったのかもしれない。けれど、あの晩、わたしは処女のフリをした。

そう。わたしはあざとい女で、あの頃も今も、一博にはたくさんの隠し事をしているのだ。

初めてのあの晩、彼はほとんど愛撫《あいぶ》もないままに、硬直した男性器を力ずくで押し込んできた。それは本当に乱暴な行為で、襲いかかってくる激痛にわたしは悲鳴をあげた。

あれから今にいたるまで、一博とは何度となく体を重ねてきたが、彼との行為でわたしが性的快楽を覚えたことはただの一度もなかった。それどころか、彼の性器に貫かれているあいだずっと、わたしは『早く終われ』ということばかり願っていた。彼は体重が百キロもあったから、その体重を受け続けていることも辛《つら》かった。

それでも、一博との行為でのわたしは、いつも感じているフリをした。わたしを愛してくれる彼の気持ちに応えたかったからだ。彼との行為の時のわたしは、たっぷりと脂肪がついた彼の背中に爪を立て、わざとらしいほどに息を弾ませ、枕に後頭部を擦りつけて淫《みだ》らな声を漏らし続けるというのが常だった。

一博はおっとりとした性格で、誰に対しても思いやりのある男だった。けれど、性行為の時の彼はいつも急いでいて、わたしへの思いやりなど微塵《みじん》もない態度をとった。

今夜も一博はひどく急いだ様子で、わたしから衣類と下着を乱暴に剝《は》ぎ取った。そして、全裸のわたしをベッドに押し倒して身を重ね合わせ、まだまったく潤んでいないわたしの中に乱暴に男性器をねじ込み、たっぷりと肉のついた腰を前後に荒々しく打ち振った。

わたしが凍えているというのに、暑がりの一博の体は噴き出した汗でヌルヌルになっていた。動き続ける彼の顔から流れ落ちる汗が、わたしの顔に絶え間なく滴り落ちた。

ベッドの真上に取りつけられた鏡に、ほっそりとした二本の脚を左右に広げて横たわっているわたしと、わたしにのしかかって腰を振っている一博の姿が映っていた。白くて丸い彼の背中にも、赤い吹き出物が一面にできていた。

男に犯されている自分の姿を目にすることで、性的な高ぶりを覚える女もいるのだろう。だからこそ、あんなところに大きな鏡が取りつけられているのだろう。

けれど、わたしはその鏡を努めて見るまいとした。一博との性交は、わたしにとって苦行のようなものだった。

「奈々ちゃん……奈々ちゃん……奈々ちゃん……奈々ちゃん……」

わたしの上で忙《せわ》しなく動き続けながら、一博はうわ言のようにそんな言葉を繰り返した。

「カズさん……カズさん……」

一博に合わせ、わたしもまたそう繰り返していた。けれど、心の中で考えていたのは、彼とは別の男のことだった。

6

江口慎之介から交際を求められたのは、彼が文芸サークルに入ってきて十日ほどがすぎた日の夕暮れ時のことだった。

あの日、サークル活動を終えたわたしは、ほかのメンバーたちと別れてひとりで駅に向かって歩いていた。みんなには一緒にカフェに行こうと誘われたのだが、いつものように、わたしはそれを断っていた。

みんなで集まってお喋《しゃべ》りをするというのが、わたしは昔から好きではなかった。貴重な時間を無駄にしているような気がしたのだ。

大学から駅へと続く道の両側にはソメイヨシノの樹がずらりと植えられていて、入学式があった頃には淡いピンクの花が美しいトンネルを形成していた。けれど、四月も半ばをすぎたあの頃には花はすっかり散ってしまって、木々の枝は芽吹き始めたばかりの緑の葉に覆われていた。

わたしの背後から江口慎之介が「平子さん」と声をかけてきたのは、大学の敷地を出てすぐのことだった。

「なあに、江口くん？　何か用？」

足を止めたわたしは、素っ気ない口調でそう言って、彼の顔を無造作に見上げた。

江口慎之介は身長が百八十センチ以上あったから、百六十三センチのわたしはどうしても見上げるような形になってしまうのだ。

「平子さん……あの……実は、あの……平子さんに言いたいことがあって……」

わたしを見下ろした江口慎之介が、おずおずとした口調で言った。お喋りで快活で、どんなことでもずけずけと口にする彼が、そんなふうに話すのを聞くのは初めてだった。

それまでわたしは、自分が面食いだと思ったことは一度もなかった。それにもかかわらず、あの時、すぐ目の前にある江口慎之介の顔を、わたしは『可愛い』と感じた。『美しい』とも思ったし、『綺麗《きれい》だ』とも思った。それはまるで、少女漫画の世界から抜け出してきたかのようだった。

あの日も彼の耳には、銀色のピアスが嵌《は》められていた。首には銀色の太いネックレスが巻かれ、手の指ではいくつかのごつい指輪が光っていた。濃くて長い睫毛《まつげ》が、彼の目の下に大きな影を作っていた。

「わたしに言いたいこと？　いったい、何なの？」

わたしは彼の顔を見つめ、やはり素っ気ない口調で訊《き》いた。

立ち止まっているわたしたちの周りには、駅へと向かう学生たちがたくさん歩いていた。その中の何人かの女子学生たちが江口慎之介に眩《まぶ》しそうな視線を向けていた。文芸サークルのメンバーたちによると、江口慎之介の存在は学年や学部を超えて、女子学生たちのあいだで評判になっているということだった。

「あの……平子さん、あの……こんなところで立ち話もなんですから……あの……どこか近くの店にでも入りませんか？」

やはり言いにくそうに江口慎之介が言った。

「わたしは忙しいのよ。江口くんとのんびりとお茶を飲んでる時間はないわ。わたしに言いたいことがあるんだったら、今、ここで、はっきりと言って」

命令でもするかのような口調でわたしは言った。思い返してみれば、彼とふたりきりで話をしたのはあの時が初めてだった。

「そうですか？　だったら、あの……ここで言っちゃいますけど……」

おずおずとした口調でそう言うと、いたずらを見つかった子供のように彼が辺りを素早く見まわした。「あの……平子さん、あの……僕と付き合ってくれませんか」

わたしは思わず絶句し、アイドルのような江口慎之介の顔をまじまじと見つめた。たった今耳に届いた言葉が、わたしをひどく驚かせたのだ。

「平子さん、聞こえましたか？　あの……僕と付き合ってください。お願いします」

黙っているわたしに向かって、江口慎之介が言葉を続けた。

「江口くん、ふざけるのはやめて」

ようやく口を開いたわたしは、さらに強い口調でそう言った。

「ふざけてなんかいません」

「だったら、からかってるの？　そうなんでしょ？」

わたしは一段と語気を強めた。むらむらと怒りが広がり、今にも大声をあげてしまいそうだった。

そう。あの時、わたしは、彼がからかっていると考えたのだ。わたしのようなモテない女が、彼のような美男子から告白されてどんな反応を示すのか、それを見ようとしているのだ、と。

「からかってなんかいません。僕は本気です。本気で平子さんに恋人になってもらいたいと思っているんです」

少し大きな声で江口慎之介が言い、周りを歩いていた学生の何人かが驚いたような顔をしてこちらを見つめた。

「そんなこと、信じられないわ」

できるだけ毅然《きぜん》とした口調で言った。だが、どういうわけか、あの時すでに、わたしは胸を高鳴らせていた。

「信じてください。僕は本気です」

一段と力を込めて江口慎之介が言うと、その大きな目でわたしを真っすぐに見つめた。

「とにかく、あの……どこかお店に入りましょう。そこで話しましょう」

わたしはそう言うと、彼の返事を待たずに歩き始めた。周りを歩いている学生たちの目から逃れるために、近くのコーヒーショップかファストフード店に行くつもりだった。

江口慎之介は歩き出したわたしの後ろをついてきた。

歩いているあいだずっと、脚が微《かす》かに震えていた。胸もドキドキしていた。それでも、わたしはやはり、自分がからかわれているのだと考え続けていた。


あの日、わたしたちは駅のすぐ近くにあるコーヒーショップの喫煙スペースに入った。店は混んでいたけれど、ガラスの壁に囲まれた喫煙スペースのほうには客がほとんどいなかったからだ。

湯気の立つコーヒーカップを前にして、江口慎之介はわたしに恋人になってほしいと強い口調で繰り返した。ハンサムな彼の顔には、これまでに見たことがないほど真剣な表情が浮かんでいた。

「江口くん、どうしていきなりそんなことを言い出したの？」

自分に落ち着けと命じながら、平静を装ってわたしは訊いた。

「いきなりじゃありません。サークルに入って初めて見た時から、僕は平子さんが好きだったんです。あの時からずっと、平子さんの恋人になりたいと思っていたんです」

向かいに座ったわたしの目を真っすぐに見つめて江口慎之介が言った。

「そんなこと、信じられないわ」

桜の並木道を歩いていた時と、まったく同じセリフをわたしは繰り返した。

「信じてください。冗談でこんなことは言いません。だから、信じてください」

縋《すが》るような目で、彼はわたしを見つめ続けていた。その表情はとても可愛らしかった。

「江口くんは、いったいわたしのどこが好きなの？」

人目を気にして、わたしは小声で尋ねた。喫煙スペースにいた何人かが、こちらに視線を向けていたから。

「真面目で、正直そうで、しっかりとしているところです」

ほとんど考える素振りも見せず、江口慎之介が即座に答えた。「それから、誰にでも公平で、お世辞を言ったりしないで、自分が思っていることをちゃんと言うところも好きです」

その言葉はわたしには意外だった。それまでわたしは、彼はわたしの存在をまったく気にしていないと思っていたから。

黙っているわたしに向かって、江口慎之介がさらに言葉を続けた。

「それに平子さんは、すごく優しくて、思いやりがあって、人を踏みつけにしたり、裏切ったり絶対にしない人なんだと思います。平子さんの書いた小説を読むと、それがはっきりとわかります」

その言葉はまたしてもわたしを驚かせた。彼がわたしの小説を読んでいただけでなく、そんなことまで感じていたなんて、今の今まで考えたこともなかったのだ。

わたしは無言で頷《うなず》くと、目の前にあるカップに手を伸ばし、コーヒーを一口啜《すす》った。

それから、彼の大きな目を真っすぐに見つめ、やはり周りの視線を気にして小声で言った。

「もし、あの……もし、江口くんが本気なんだとしても……本気でわたしを好きなんだとしても……でも、やっぱり、無理よ……江口くんと付き合うことはできないわ」

「何が無理なんですか？　どうしてダメなんです？　平子さんは僕のことが嫌いですか？」

テーブルに身を乗り出した彼が、まくし立てるかのように訊いた。

その瞬間、喫煙スペースにいた客たちが、いっせいにこちらに視線を向けた。

「嫌いっていうわけじゃないけど……」

「だったら、どうしてダメなんですか？」

身を乗り出したまま、彼がわたしをじっと見つめた。

「だって……江口くんとわたしとじゃあ、年が違いすぎるわ」

「年が違うって、ふたつしか違いませんよ。僕の母も父よりふたつ年上ですけど、すごく仲良くやっていますよ」

「でも、わたしは何日か前に誕生日がきて二十一歳になったけど、江口くんは三月の末に十八になったばかりでしょう？　江口くんとわたしは、ほとんど三つも違うのよ」

「ふたつだって、三つだって同じようなものじゃないですか？」

彼がおかしそうに笑い、それにつられてわたしもつい笑ってしまった。「ついでだから言いますけど、僕の叔母《おば》は叔父《おじ》より三つ年上です。でも、やっぱりすごく仲のいい夫婦ですよ」

「それって、江口くんの作り話じゃないの？」

「違います。僕はちゃらんぽらんな男ですけど、嘘だけは絶対に言わないんです」

そう言って江口慎之介が笑い、わたしはまたつられて笑った。

そして、今から八年と少し前のあの日、大学近くのコーヒーショップのガラスの壁に囲まれた喫煙スペースで、わたしは江口慎之介についに押し切られ、渋々といった顔をして彼との交際に同意した。

「いいわ。そんなに言うなら、付き合ってあげる」

わたしがそう口にした瞬間、彼が左右の拳《こぶし》を胸の前で握り締めてガッツポーズを作った。そして、「やったーっ！」と大きな声を張り上げ、その場で小躍りをして喜んだ。

あの時、わたしは困ったような表情を無理に作っていた。けれど、わたしの胸はかつてないほど激しく高鳴っていた。

7

一博とわたしがラブホテルを出た時には、時刻は午後十一時になろうとしていた。

いつもそうしているように、今夜も一博がタクシーでわたしを世田谷区にあるマンションまで送ってくれた。

「カズさん、部屋に寄っていく？」

タクシーを降りる前にわたしは訊《き》いた。

「そうしたいところだけど、あしたも早いから、このまま帰って寝ることにするよ」

タクシーの後部座席に窮屈そうに座った一博が笑顔で言った。

一博はいつも午前七時すぎに出社していた。会社を出られるのはどんなに早くとも午後八時ぐらいで、たいていは九時か十時、遅い時には真夜中までオフィスで働いていた。

「わかったわ。それじゃあ、おやすみなさい。また日曜日にね」

わたしは笑顔で言った。かつてはここまでのタクシー代を支払おうとしたことがあったが、一博が決して受け取らないので、今はそれを口にすることはなかった。

「うん。おやすみ、奈々ちゃん。また日曜日に」

一博が笑顔で応《こた》えた。次の日曜日には、わたしたちは新居となる家を探しに横浜に行く予定だった。一博は基本的には住宅街の一戸建てを希望していたが、次の日曜日はみなとみらい地区のタワーマンションを見に行くことにしていた。

一博が乗ったタクシーを見送ってからエントランスホールに入ると、十年以上のあいだ、ほとんど毎日そうしているように、わたしは『1103 平子』と書かれたメールボックスの中を確認してから小さなエレベーターに乗り込んだ。大学に入学するときに契約したこのマンションに、二十九歳の今もわたしは暮らし続けていた。

このマンションはすべての部屋が、二十五平方メートルのワンルームという造りになっていた。『もう一部屋あれば』と思うことがないわけではなかった。けれど、わたしの部屋が最上階で上からの物音がしないことや、窓からの眺めがとてもいいこと、浴室とトイレが別になっていること、それにエントランスホールにもエレベーター内にも各階の廊下にも防犯カメラがあって、治安が良さそうなことなどが気に入っていた。

十一階にある自室のドアを開けると、真っ暗な室内に向かって、わたしは小声で「ただいま」と言った。

そこで誰かが待っているというわけではなかった。それでも、部屋に戻るとそう口にするのが昔からの癖だった。

自室のドアを開けると、玄関のたたきにパンプスを揃えて脱いでから、わたしは壁のスイッチに触れた。

その瞬間、LED電球の強い光が、狭い室内を隅々まで照らし出した。

わたしの部屋にはシングルサイズのベッドと、小さなテーブルと二脚の椅子と、あまり大きくない木製の本棚があるだけで、時には少し殺風景にも感じられた。けれど、その部屋は本当に狭かったから、わたしはできる限り家具を置かないようにしていた。かつてはドレッサーがあって、毎日、その前で化粧をしたものだったが、何年か前にそのドレッサーは破棄していた。

冷房を使うことのない室内には、ムッとするほどの熱気が満ちていた。その暖かさにわたしはホッとした。

帰宅するといつもいちばんでそうしているように、わたしは浴槽に湯を張り始めた。そして、小さな浴槽に湯が溜《た》まるのを待つあいだに、洗面台の前で化粧を落とし、左薬指に嵌《は》められた婚約指輪を外した。その後は、飾り気のない服と、機能的な木綿の下着を脱ぎ捨てて全裸になり、洗面台の上の鏡に上半身を映した。

入浴前に鏡に体を映して、その隅々までをチェックするというのが、何年も前からの習慣だった。どんなに疲れて帰宅した時でも、それを怠ったことはなかった。

今夜もわたしの肩は鋭く尖《とが》っていた。鎖骨の内側には深い窪《くぼ》みができていて、そこに液体を注ぎ入れることができそうだった。乳房は少女のように小ぶりで、わずかばかりの膨らみしかなかったけれど、形良く張り詰めて上を向いていた。左右の二の腕もほっそりとしていて、贅肉《ぜいにく》は少しもついていないように見えた。

その細い腕をゆっくり頭上に掲げる。そうすると、左右の脇腹に肋骨《ろっこつ》がくっきりと浮き上がった。今夜もウェストは細くくびれていた。贅肉のつきやすい腹部にも余分な肉は一切なく、左右の腰からは腰骨が突き出していた。

大丈夫。いつもと同じだ。

心の中でわたしは呟《つぶや》いた。いつもと違うのは、一博に執拗《しつよう》に吸われ続けた左右の乳首の周りが、うっすらと赤くなっていることだけだった。

摂食障害の人の多くが寒がりで、少しでも寒さを防ぐために体毛が濃くなると聞いたことがあった。けれど、もう何年も前にわたしは全身脱毛を施していたから、体毛が濃くなることを心配する必要はなかった。

体のチェックを済ませると、入浴前にはいつもしているように、わたしはすぐそばに置かれているデジタル式の体重計に静かに乗った。

「えっ？　嘘でしょ？」

わたしは思わず声を出した。体重計のパネルに『40.0』という数字が表示されたからだ。体重が四十キロに達したのは、実に久しぶりのことだった。

軽いパニックに陥ったわたしは、慌ててトイレに駆け込んだ。そして、全裸のまま便座に腰を下ろし、膀胱《ぼうこう》を振り絞るかのようにして排尿をした。

フランス料理店を出る前に、胃の中のものはすべて吐いてしまったつもりだった。それでも、その前にいくらかの食物が体内に吸収されてしまったのだろう。絶えず飢えているわたしの肉体は、ほんの少しの栄養素も逃すまいと、胃に入ってくる食物をいつも待ち構えているのだ。

最後の一滴まで尿を振り絞ると、わたしは浴室に戻った。そして、目を閉じてから、恐る恐る体重計に乗った。

そっと目を開いて足元を見下ろすと、体重計には『39.9』という数字が表示されていた。

それは決して満足のできる数字ではなかった。それでも、四十キロを切ったことにわたしはいくらかほっとした。

ベッドに入る前に、部屋の窓を少しだけ開けた。その瞬間、重なり合うかのような虫の声が耳に飛び込んできた。

このマンションのすぐ前には大きな公園があって、夏から秋にかけてそこでたくさんの虫が鳴いていた。そんな虫たちの声を耳にしながら眠るというのが、この季節のわたしの楽しみのひとつだった。

毎晩そうしているように、今夜もわたしはルイボスティーを淹《い》れ、湯気の立ち上るカップを持ってベッドに入った。

寒がりのわたしは、こんな季節にもネルのパジャマを身につけていた。少し前までは靴下を履いてベッドに入ることもあった。

ベッドの背もたれに寄りかかって熱いルイボスティーを啜《すす》りながら、わたしはサイドテーブルに載せてある文庫本を手に取った。高校生の頃から擦り切れるほどに読み返している、サマセット・モームの『月と六ペンス』だった。

『月と六ペンス』は、絵を描きたいという欲望のために妻子を捨てた、チャールズ・ストリックランドという男の物語だった。その本を読み返すたびに、わたしはストリックランドを自分勝手なやつだと思った。思いやりのない、最低な男だとも思った。

それにもかかわらず、どういうわけか、わたしはストリックランドに惹《ひ》かれた。

もしかしたら、わたしは、自分勝手で冷酷な男に惹かれるのかもしれなかった。

閉じたままの『月と六ペンス』を手にしながら、わたしはまた江口慎之介のことを考えた。彼は自覚していなかったかもしれないが、彼にも冷酷で自分勝手な一面があった。

8

わたしが江口慎之介との交際に同意した数日後に、わたしたちは渋谷の洒落《しゃれ》たカフェで待ち合わせた。

　大学に通う時のわたしはいつも、トレーナーにジーパンというような飾り気のない格好をしていた。それでも、あの日は精一杯のお洒落のつもりで、踝《くるぶし》までの丈のふわりとしたワンピースを身につけた。足元もいつものスニーカーではなく、踵《かかと》の低いサンダルにした。

　化粧をしてみることも考えなくはなかった。けれど、結局、化粧はせずに出かけた。あの頃のわたしは、ファンデーションやアイシャドウどころか、リップルージュさえ持っていなかった。

　いっぽう、彼のほうは男性ファッション誌から抜け出てきたような格好をしていた。あの日も彼の耳にはピアスが嵌められていたし、女のようにほっそりとした指ではいくつかの派手な指輪が、襟元では華奢な革ひものネックレスが揺れていた。

　江口慎之介は長くて細い首の持ち主だった。すらりとした彼の体からは、柑橘《かんきつ》系のオーデコロンの香りが仄《ほの》かに漂っていた。

「僕たちは恋人になったんだから、これからは平子さんのことを奈々ちゃんって呼びたいんですけど……それでいいですか？」

　混雑するカフェのテーブルに向き合ってすぐに、彼がわたしを見つめてそう言った。ハンサムなその顔には、嬉《うれ》しそうな笑みが浮かんでいた。

　年下の男に、ちゃんづけで呼ばれることに、わたしはいくらか戸惑いを覚えた。それでも、「いいわよ」と言って笑ってみせた。

「いいんですね？　それじゃあ、今から奈々ちゃんって呼びます。奈々ちゃんは年上だから、僕のことは慎之介って呼び捨てにしていいですよ」

一方的に彼が言い、わたしはまた戸惑いながらも、「慎之介ね。わかった。そうするわ」と言って頷《うなず》いた。

テレビを持っていないわたしは、同い年の女子学生たちとさえ話が合わないことが多かった。そんなわたしに、三つ近くも年下の男となど話すことがあるのだろうかと、あの日のわたしは危惧《きぐ》していた。会話が続かず、気まずい時間が続くのではないだろうか、と。

けれど、それは杞憂《きゆう》に終わった。ふたりでいるあいだずっと、慎之介が絶え間なく喋《しゃべ》り続けていたからだ。

そう。慎之介はとてもお喋りで、口を噤《つぐ》んでいるということができない男だった。

慎之介と向き合っていると、わたしはいくつもの視線を感じた。もちろん、見られているのはわたしではなく慎之介だった。

そのことにもわたしは戸惑った。そして、こちらに視線を向けている人たちは、わたしたちのことをどんな関係だと思っているのだろう、と考えた。

恋人同士に見えるのだろうか？　それとも、姉と弟にしか見えないのだろうか？

あの日、わたしはそんなことばかり気にしていた。

カフェで紅茶を飲んだあとは、慎之介の提案で、ふたりで代々木《よよぎ》公園を散歩した。

店を出てすぐに、慎之介がわたしの手を握った。そのことに、わたしはまたひどく戸惑った。それでも、彼の手を振り払おうとはしなかった。いつもひんやりとしているわたしの手とは対照的に、彼の手はたった今まで熱い湯に浸《つ》けていたのかと思うほどに温かかった。

手を繋《つな》いで代々木公園を歩いているあいだも、慎之介は絶えず喋っていた。彼は何度となく、わたしと恋人になれて夢を見ているみたいだと言った。

「本当にそう思っているの？」

「思ってますよ。今が僕の人生で最高の時です」

わたしの手を強く握り締めた慎之介が、満面の笑みを浮かべてわたしを見つめた。

公園内を一時間ほど歩いたあとで、わたしたちはまた渋谷に戻った。そして、若者で賑《にぎ》わうアメリカンスタイルのレストランのテーブルに向き合って食事をした。

慎之介は食欲が旺盛《おうせい》で、目の前の皿を次々と空にしていった。その食べっぷりは、本当に見事だった。あの頃はわたしもダイエットをしていなかったから、慎之介に負けないほどもりもりと食べた。

カフェにいた時も、代々木公園を歩いているあいだも、アメリカンスタイルのレストランで食事をしている時も、わたしはあえてつまらなそうな顔をしていた。けれど、本当は彼といることを楽しんでいた。お茶目で人懐こい彼を、わたしは可愛いと思った。

そして、生まれて初めて、本当に初めて……異性に対して『好きだ』という感情を抱いた。

レストランで食事をしている時に、慎之介がわたしの眼鏡を馬鹿にした。「奈々ちゃんは、どうしてそんなに変てこりんな眼鏡をかけているんですか？　今どき、そんな眼鏡をかけてるのは、女を捨てたおばさんだけですよ」と。

ほかの男がそんな言葉を口にしたら、わたしは間違いなく激怒するはずだった。少なくとも、その男とは二度と口を利かないはずだった。

けれど、どういうわけか、慎之介に対しては怒りの感情が少しも湧いてこなかった。

「この眼鏡、そんなに変かしら？」

「変ですよ。ものすごく変です。奈々ちゃん、ちょっと、その変てこりんな眼鏡を外してみてください」

「でも、眼鏡を外すと何も見えないの」

「いいから、ちょっとだけ外してみてください」

慎之介に言われて、わたしはおずおずと眼鏡を外した。

「思った通り、すごく綺麗《きれい》だ。奈々ちゃん、眼鏡を外すとものすごく綺麗ですよ」

慎之介が大きな声で言い、わたしはまたしてもひどく戸惑った。同時に、ときめくような気持ちも覚えた。

容姿を褒められたのは、覚えている限りでは初めてだった。

「奈々ちゃんは綺麗になりたくないんですか？」

ひとしきり、わたしの眼鏡を馬鹿にしたあとで慎之介が不思議そうに訊《き》いた。

「どうしてそんなことを言うの？」

「女の人なら、綺麗になりたいのが普通だと思ってたから、ちょっと訊いてみたくて。奈々ちゃんはお化粧もお洒落もしないから」

「綺麗になりたくないわけじゃないけど……何ていうか……男に媚《こ》びるのは嫌なのよ」

「そんなつまらないことを考えてたんですか？」

「つまらないことかしら？」

「つまらないことです」

慎之介が呆《あき》れたような顔をして笑い、わたしもぎこちなく笑った。

あの日、カフェのお金もアメリカンスタイルのレストランの食事代も、「年上だから」と言って、わたしがすべて支払った。

「さっきのカフェも奢《おご》ってもらったから、ここは割り勘にしましょうよ」

レジでわたしが支払いをしている時に、バッグから財布を取り出した慎之介が言った。

「いいのよ、気にしないで」

「でも……」

「本当にいいの。仕送りをもらったばかりで、今は懐が豊かなのよ」

わたしは笑顔でそう言った。けれど、それは嘘だった。わたしの両親は必要最低限の仕送りしかしてくれなかったから、わたしの小遣いはいつも不足気味だった。

「そうですか。それじゃあ、お言葉に甘えさせてもらいます。ご馳走《ちそう》さまです」

慎之介が申し訳なさそうに言った。甘えたようなその顔もまた、とても可愛らしかった。

そう。あの日、慎之介は年上のわたしに、ずっと甘え続けていた。彼がわたしに甘えているのだということを、わたしははっきりと感じていた。

女に甘えるような男を、わたしは好きではないはずだった。それでも、『奈々ちゃん』『奈々ちゃん』と彼が甘えてくるたびに、母性本能をくすぐられるような気がした。そして、自分にも母性本能などというものがあったのだということに、わたし自身が驚いていた。

9

レストランを出たわたしたちはエレベーターで階下へと向かった。そのふたりきりのエレベーターの中で、慎之介がいきなりわたしを抱き締めた。

「あっ。何するの?」

突然のことに、わたしは激しく狼狽《ろうばい》した。そんなわたしの唇に、慎之介が自分のそれを重ね合わせてきた。

その瞬間、脚から力が抜けて、わたしはその場にしゃがみ込んでしまいそうになった。わたしにとって、それは初めてのキスだった。

わたしはとっさに慎之介の抱擁から抜け出そうとした。けれど、それはできなかった。彼はそれほど強くわたしを抱き締めていたのだ。

エレベーターが一階に着いて扉が開くまでずっと、慎之介はわたしに唇を合わせ続けていた。途中からはわたしの左の乳房に手を触れ、それをゆっくりと揉《も》みしだいた。

もちろん、胸を揉まれたのも生まれて初めてだった。

思いもよらぬ展開に、わたしはさらに狼狽し、反射的に慎之介の手を押さえた。けれど、彼はその行為をやめようとはしなかった。

「うっ……むっ……うむうっ……」

わたしは彼の口の中にくぐもった呻《うめ》きを漏らした。今にも失神してしまいそうだった。

胸を揉みしだかれているうちに、股間《こかん》が潤み始めるのを感じた。

エレベーターが一階に着くと、慎之介は何事もなかったかのように、わたしを解放してくれた。開いたドアの向こうには人がいたから、わたしは必死で平静を装おうとした。けれど、それは簡単なことではなかった。それほどまでにうろたえていたのだ。

「これから奈々ちゃんの部屋に行ってもいいですか？」

エレベーターを降りるとすぐに、慎之介が真剣な顔でわたしを見つめた。

「わたしの部屋に？」

顔を俯《うつむ》けるようにしてわたしは言った。動揺している顔を、彼に見られたくなかった。

「そうです。いいでしょう？」

「今夜はダメよ」

わたしの声はひどく震えていた。男女間のことに疎いわたしにも、彼がこれからわたしと性行為をしたがっているのだとわかった。

「いつならいいんですか？」

少し不服そうな顔をして彼が訊いた。

「そうね。あの……もう少ししたら……」

わたしは曖昧《あいまい》に言葉を濁した。脚がひどく震えていて、立っていることさえ辛《つら》かった。

「もう少しって、どのくらいですか？　一週間ですか？　十日ですか？」

「それはわからないけど、あの……そういう大事なことは、何ていうか……あの……もう少し慎之介のことを知ってからにしたいの。わかってちょうだい」

哀願するかのようにわたしが言い、慎之介が渋々といった顔をして頷《うなず》いた。

10

『月と六ペンス』のページをパラパラとめくりながら、ぬるくなってしまったルイボスティーを飲んでいると、急に『食べたい』という欲求が湧き上がってきた。全身の細胞が悲鳴をあげるようにして、それは抑えきれないほど強烈な欲求だった。

栄養素の補給を求めていたのだ。

ほとんど何も考えずにベッドを飛び出したわたしは、簡易キッチンに置かれた小さな冷蔵庫に駆け寄った。そして、カットしたパイナップルの入ったプラスティック製のパックを取り出すと、それを次々と口に入れ、夢中で咀嚼《そしゃく》しては嚥下《えんげ》した。

甘酸っぱいパイナップルを食べ続けながら、わたしはほとんど恍惚《こうこつ》状態に陥っていた。強い喜びが全身に広がるのがわかった。

カップの中のパイナップルを八切れか九切れ食べた時に、わたしはハッと我に返った。

「何をしているのっ！」

声に出して、わたしは自分を叱りつけた。

次の瞬間、わたしはトイレへと駆け込むと、口の中に指を深く押し込み、ひんやりとした白い便器を抱きかかえ、痩《や》せた体をよじるようにして嘔吐《おうと》した。

過酷とも言えるこのダイエットのせいで、わたしの生理はもう何年も前からひどく不規則で、最後の生理がいつだったか思い出せないほどだった。去年の会社の健康診断では、骨密度が極端に低くて、このままだと近い将来、骨粗鬆症《こつそしょう》になると言われていた。

食べなければならないことは、わたしにもよくわかっていた。一博も『奈々ちゃんはもう少し太ったほうがいいよ』と、いつもわたしに言っていた。彼は子供を欲しがっていたから、健康な赤ちゃんを産むためにも、もっと体重を増やす必要があるはずだった。

けれど、わたしにはどうしても、ダイエットをやめることができなかった。食べるということに罪悪感を覚えてしまうのだ。太ることが恐ろしくてしかたないのだ。食べたいのに、食べることができない。

それはまるで地獄にいるかのようだった。


トイレからベッドに戻ってすぐに、サイドテーブルに置いてあったスマートフォンがLINEの着信音を発した。

一博だろうと思った。わたしにはほかにLINEで連絡を取り合うような人物は誰もいなかったから。

カズさんったら、まだ眠っていないのか。こんな時間に何だろう？

そう思いながら、わたしはスマートフォンを手に取った。

その瞬間、わたしは自分の目を疑った。そのメッセージの送り主が、わたしを摂食障害という地獄に追い込んだ男だったからだ。

「嘘でしょ……嘘でしょ……」

無意識のうちに、わたしはそう口にしていた。

そのメッセージを開くかどうかで、しばらく迷った。もし開けば、わたしがメッセージを読んだということを彼に知られてしまうから。

それでも、わたしはひどく指を震わせながら江口慎之介からのメッセージを開いた。

『奈々ちゃん、久しぶりだね。元気にしてた？　あんなところで会うなんて、すごくびっくりしたよ』

わたしは何度も繰り返し、そのメッセージを読み返した。

わたしがメッセージを読んだことに、早くも慎之介は気づいたようだった。すぐにまた彼からメッセージが送られてきた。

『こんばんは、奈々ちゃん。メッセージはちゃんと届いたんだね。よかった。ところで、奈々ちゃんと一緒にいた人は誰だったの？　もしかしたら旦那《だんな》さんだったのかな？』

一瞬、わたしもメッセージを送り返そうかと思った。けれど、そうはせずに、わたしはスマートフォンの電源を切った。

スマートフォンを持つ手がひどく震えていた。いつの間にか、口の中はカラカラで、心臓は息苦しいほど激しく鼓動していた。

電源の切れたスマートフォンをサイドテーブルに置くと、わたしはベッドに身を横たえて、笠《かさ》付きの電気スタンドの明かりを消した。

間もなく午前一時になろうという時刻だった。あしたは仕事だったから、早く眠らなければならないことはわかっていた。

けれど、今夜は眠れそうもなかった。目を閉じ、何も考えまいとしているのに、頭には次々と江口慎之介とすごしていた頃のことが思い浮かんできた。

どうしてこんなに動揺しているの？　奈々、あんた、どうしちゃったの？　あんな男のことなんか、考えちゃダメよ。

わたしは自分にそう言い聞かせようとした。けれど、それは難しかった。

わたしは江口慎之介の顔を思い浮かべた。贅肉《ぜいにく》のない彼の美しい裸体を思い浮かべた。彼の愛撫《あいぶ》を受けて、自分が淫《みだ》らな声を上げて身をよじっていた時のことを思い浮かべた。

そんなこと、思い出したくもないのに、どうしても彼の姿が頭に浮かんできてしまうのだ。

あんた、まだあの男が忘れられないの？　もしかしたら、あの男のことが……今も好きなの？

わたしは自問した。

彼が好きか？

その答えは、はっきりとわかっていた。そして、そのことが、わたしをさらに動揺させた。

そう。あんなにもひどい目に遭わされたというのに、今もまだ、わたしは彼のことが忘れられないのだ。

「あんた、どこまでバカなの？　どこまで愚かなの？」

声に出して、わたしは自分に言った。頭がおかしくなりそうだった。

第二章

1

わたしはすぐに、江口慎之介に会うのを楽しみにするようになった。

あの頃のわたしは、目覚めるといちばんで彼の甘えたような顔や、無邪気な話し声を思い浮かべた。朝だけでなく、ほとんど一日中、彼のことを考えていた。

けれど、慎之介と会っている時のわたしは、自分が喜んでいることを彼に悟られないように気をつけていた。年下の彼に、舞い上がっていると思われたくなかった。

慎之介はデートのたびにわたしに体の関係を迫った。少しあとで聞かされたところによれば、彼は高校一年生の時に同じ高校の二学年上の女子生徒と付き合っていたようだった。その女子生徒の両親は共働きだったということで、放課後の慎之介は毎日のように彼女の家に入り浸り、淫らな行為を繰り返していたらしかった。

そんなこともあって、あの若さで彼は早くもその道のベテランになっていたのだ。

慎之介と付き合い始めるまでのわたしは、処女性というものが大事だとは思っていなかった。それどころか、女性の純潔にこだわる男たちの了見の狭さが、女たちの自由を妨げているのだとさえ考えていた。

けれど、実際に自分がその立場に置かれてみると、ためらわないわけにはいかなかった。

「奈々ちゃんと僕は恋人同士なんですよ。恋人なら、セックスをするのは当たり前じゃないですか」

わたしが「もうすこし待って」と言って拒むたびに、慎之介は不服そうな顔をしてそう訴えた。

彼はエレベーターの中や、夜の公園のベンチや、ふたりきりの文芸サークルの部室などで、わたしを抱き締め、濃密なキスをしながら胸を揉《も》みしだくということを繰り返していた。

わたしはそのたびに抗《あらが》うフリをしていた。けれど、どうしようもなく込み上げてくる喜びと快楽に、いつも朦朧《もうろう》となってしまったものだった。


ついにわたしが体の関係を持つことに同意したのは、付き合い始めて一ヶ月ほどがすぎた頃のことだった。

あれは五月の半ば、蒸し暑い日の夕暮れ時だった。

覚悟はしていたつもりだった。それにもかかわらず、あの日のわたしは朝から怯《おび》えていた。いよいよその瞬間が来たら、彼の前で自分がどんな反応を見せるのか、わたしには予想もつかなかった。

その夕方、わたしの部屋に初めてやって来た慎之介が、挨拶《あいさつ》もそこそこに窓のカーテンを素早く閉めた。そして、どうしていいのかわからずに立ち尽くしていたわたしに真っすぐに歩み寄り、何も言わずに両手でわたしの体を強く抱き締め、唇を貪《むさぼ》るように吸いながらベッドに仰向《あおむ》けに押し倒した。

その瞬間、スカートが勢いよくまくれ上がり、太腿《ふともも》が剝《む》き出しになった。

「待って……慎之介……お願いだから、ちょっと待って……」

声を喘《あえ》がせてわたしは言った。心臓が猛烈に鼓動していた。

「大丈夫だよ、奈々ちゃん」

「怖いわ……」

「大丈夫。痛くしないよ」

わたしに身を重ね合わせた慎之介が、真上からわたしの目を見つめて言い、わたしは怯えながらも小さく頷《うなず》いた。

大学に行く時のわたしはいつも、Tシャツやトレーナーにジーパンという格好をしていた。けれど、慎之介と会う時にはできるだけ女らしい装いをするようにしていた。あの日もわたしは白いサテン地のブラウスを身につけ、裾《すそ》の長い水色のスカートを穿《は》いていた。

慎之介はわたしの上半身を抱き起こし、女のように細くしなやかな指でそのブラウスのボタンを上から順番に外して脱がせた。その後はスカートのホックを外し、それをわたしの下半身からするりと剝《は》ぎ取った。

ふだんのわたしは機能性やつけ心地を重視した、飾り気のない下着を身につけている。胸が小さいから、重ね着をするような季節にはブラジャーはつけないことが少なくない。けれどあの日は、何日か前にインターネットの通信販売で購入したフェミニンな白いブラジャーを身につけ、やはりフェミニンな……いや、かなりエロティックでセクシーな、白くて小さなショーツを穿いていた。若い男である慎之介が喜ぶだろうと思って、わたしはそれらを買ったのだ。

「いやっ……見ないで……」

スカートを脱がされた瞬間、わたしは思わず股間《こかん》を押さえた。

わたしが身につけていたのは、見られることを想定して購入した下着だった。それにもかかわらず、異性に下着姿を見られることに、わたしは凄《すさ》まじいまでの羞恥《しゅうち》心を覚えた。ショーツの薄い生地はほぼ完全に透き通っていて、そこから押し潰《つぶ》された黒い毛がくっきりと透けて見えた。

スカートを脱がせると、慎之介がほっそりとしたその腕をわたしの背にまわした。そして、慣れた手つきでブラジャーのホックを外し、美しいレースで縁取られたそれを、あっという間にわたしの胸から取り除いた。

「あっ！　ダメっ！　見ないでっ！」

剝き出しになった乳房を、わたしは思わず両手で押さえた。ごく幼い頃を別にすれば、異性に胸を見られたのは初めてだった。

ブラジャーを外した直後に、慎之介が再びわたしをベッドに押し倒した。そして、自分の胸を押さえているわたしの左右の手首をぐっと握り締め、その腕を万歳させるかのように頭上へと掲げさせた。

わたしは抗ったけれど、彼の力には敵《かな》わなかった。

力ずくで万歳をさせられたことによって、乳房が再び剝き出しになった。小ぶりな乳房の周りにはブラジャーのワイヤーの跡が、うっすらと赤く残っていた。

わたしと同じように、慎之介も剝き出しの乳房をまじまじと見つめていた。ハンサムな彼の顔には、あからさまな欲望が現れていた。

「いやっ……見ないで……お願い……見ないで……」

自分にのしかかっている慎之介から顔を背けるようにして、わたしは必死で身をよじった。乳房を凝視されていることが恥ずかしかった。恥ずかしがっている顔を見られていることも恥ずかしかった。

次の瞬間、慎之介がわたしの左側の胸に顔を埋《うず》めた。そして、チューチューという大きな音を立てながら、餓えた赤ん坊のように夢中で乳首を貪り始めた。

「あっ！　いやっ！」

乳首から子宮に向かって、強い刺激が電気のように走り抜けた。その強烈な刺激に突き動かされるかのように、わたしは反射的に腰を浮かせ、枕に後頭部を擦《こす》りつけ、腹部を突き出すようにして体をアーチ型に反らせた。

左の乳首をひとしきり貪ってから、今度は慎之介が右の乳首を貪った。その後はまた左を貪り、さらにまた右を貪った。そのことによって、わたしの肉体を強烈な刺激が次々と走り抜けていった。

「ああっ、ダメっ……ダメっ……あっ……いやっ……あああっ……」

無意識のうちに、わたしはそう口にしていた。

自分の口からそんな声が漏れていることに、わたし自身がひどく狼狽《ろうばい》していた。それはまるでアダルトビデオの女優たちが出しているような、淫《みだ》らで、破廉恥で、とても浅ましい声に聞こえた。

慎之介はこんなことに慣れているらしく、音を立てて乳首を吸うだけでなく、前歯で軽く噛《か》んだり、舌の先で弄《もてあそ》ぶかのように乳首を転がしたりした。

乳首を吸われたり、噛まれたりするたびに、一段と強い刺激が乳首から子宮に向かって走り抜けた。そして、肉体が刺激にさらされるたびに、股間がとめどなく潤んでいくのを、わたしははっきりと感じた。

恥ずかしかった。このわたしが……生真面目で努力家で、意志が強くてしっかり者で、男なんかに心を惑わされたことのないこのわたしが……こんなにも淫らで、こんなにも浅ましい声を上げていることが、自分でも信じられなかった。三つ近くも年下の男に、その声を聞かれていることも恥ずかしかった。

けれど、次々と口から漏れ出る声を抑えることが、わたしにはどうしてもできなかった。

2

仰向けのわたしにのしかかるようにして、慎之介は随分と長いあいだ左右の乳首を吸ったり噛んだりしていた。それから、わたしの左手首を摑《つか》んでいた右手を離し、薄いショーツの上からわたしの股間に触れた。

「あっ、ダメっ！ そこはいやっ！」

自由になった左手で、わたしは彼の右手を必死で押さえつけた。ショーツのその部分はわたしの体液を吸い込んで湿っていたから、それを気づかれるのが恥ずかしかった。

けれど、彼はわたしの抵抗をものともせず、ショーツの上から股間を撫《な》でまわし始めた。

「あっ、いやっ！ いやっ！」

わたしは必死で身をよじり、彼に広げられていた二本の脚を懸命に閉じようとした。けれど、脚のあいだには彼の体があったから、完全に脚を閉じることはできなかった。

「奈々ちゃんって、すごく敏感なんだね。こんなに濡《ぬ》れてるよ。ほらっ」

濡れて光る指を、わたしの目の前に差し出して慎之介が笑った。

わたしは返事をしなかった。言葉にできないほどの羞恥と屈辱を感じながら、その指から視線を逸《そ》らしただけだった。

やがて慎之介がわたしからショーツを脱がせた。

ああっ、ついに裸にされてしまった。

わたしは思った。けれど、わたしにできることは何もなかった。

すぐに慎之介がわたしの股間に……おそらくは、クリトリスと呼ばれる突起に……そのしなやかな指でじかに刺激を与え始めた。

そのことによって生まれる快楽は、それまでとは比べ物にならないほど強烈なものだった。

たとえ性行為をするようなことがあったとしても、わたしなら我を忘れて乱れるようなことは絶対にないはずだと、わたしは確信に近い気持ちを抱いていた。ほかの女たちのことは知らないが、少なくともわたしは……このわたしだけは、淫らに乱れるようなことは絶対にないはずだ、と。

けれど、それはまったく違っていた。

わたしは処女だったにもかかわらず、慎之介が与える刺激に、実に敏感に反応した。意思とはまったく無関係に、わたしは体を何度も突っ張らせ、何度も痙攣《けいれん》を起こしながら、淫らな声を張り上げ続けた。

「あっ、いやっ！　慎之介、そこはダメっ！　あっ、感じるっ！　あっ、ダメっ！　そこはいやーっ！」

自分の口から絶え間なく出ている声が、わたし自身にもはっきりと聞こえた。

いったいどこで覚えたのか、慎之介は女の扱いが驚くほどに巧みだった。彼はわたしの体のどの部分を、どんなふうに刺激すれば、わたしがどんな反応をするのかということを、最初から知っていたかのように思われた。

「奈々ちゃん、もっと大きく脚を広げて。もっとだよ。もっと。もっと。もっと」

指一本でわたしを淫らに乱れさせながら、慎之介が何度となくそんな命令を下した。

慎之介に支配されていたわたしには、その命令に逆らうことができなかった。

そう。あの最初の時から、慎之介はわたしを完全に支配し、完全にコントロールしていた。

彼は絶対的な権力を持った専制君主だった。それに対して、わたしは無力な奴隷だった。あるいは、何ひとつ権限を与えられていない家畜だった。

途中から、わたしは声を抑えようとするのをやめた。そして、もう何も考えず快楽に身を任せ、何も考えずに喘《あえ》ぎ、悶《もだ》え、声を上げ続けた。

自分の口から出ている声が、わたし自身にもよく聞こえた。

やがて、突如として性的絶頂の瞬間が訪れた。ほとんど指と舌だけで、慎之介はわたしを絶頂へと容易に導いたのだ。

その瞬間、失神してしまうほどの快楽が肉体を貫き、わたしの意思とはまったく無関係に体がガクガクと激しく痙攣した。わたしは夢中で慎之介にしがみつき、痙攣を続けながら凄《すさ》まじいまでの声を張り上げた。

浅ましい……。

心のどこかで、そんなことを思った。

3

慎之介がカーテンを閉めたことによって、室内は薄暗くなっていた。けれど、窓の外には今も夕暮れの光が漂っているらしく、明かりが必要なほど暗いわけではなかった。

「奈々ちゃんって、すごく敏感だったんだね。びっくりしたよ」

絶頂に達してぐったりとなっているわたしに、慎之介が笑いかけた。

わたしは返事をしなかった。あまりにも恥ずかしくて、いったい何を言っていいのか、まったくわからなかった。

いつの間にか、慎之介も全裸になっていた。彼の裸を見たのは、あの時が初めてだった。

慎之介はとてもほっそりとしていて、女のように華奢《きゃしゃ》な体つきをしていた。贅肉《ぜいにく》はまったくなかったが、筋肉もあまりついていないようにも見えた。体は女のようにも見えたけれど、彼の股間《こかん》では恐ろしく巨大な男性器がほとんど真上を向いてそそり立っていた。

その男性器を目にした瞬間、わたしの体を強い恐れと怯《おび》えが走り抜けた。それほど巨大な肉塊を、自分が受け入れられるとは考えられなかった。

すぐに慎之介がわたしに体を重ね合わせてきた。そして、硬直した男性器の先端を、分泌液で潤んでいるらしいわたしの股間に押し当てた。見えたわけではなかったけれど、たぶん、そうしたのだと思う。

わたしはしっかりと目を閉じ、奥歯を強く食いしばった。処女喪失の瞬間に、女は目も眩《くら》むほどの激痛を覚えるものだと聞いていたから。

「入れるよ」

慎之介が小声で言った。湿った息が顔に吹きかかった。

けれど、わたしは頷《うなず》かなかった。目を閉じ、左右の拳《こぶし》を強く握り締めていただけだった。

彼がわたしを抱き締め、静かに腰を突き出した。そのことによって、巨大な男性器がわたしを押し広げ、その中に入り始めた。

「あっ！　うっ……いやっ！」

股間で発生した強く鋭い痛みに、わたしは思わず呻《うめ》きを漏らした。けれど、襲いかかってきた痛みは、事前に想像していたほど激烈なものではなかった。

おそらく、それは慎之介が巧みだったからなのだろう。まだたったの十八歳だったというのに、彼は強引に挿入するようなことを決してせず、実にゆっくりと、ほんの少しずつ、わたしの中に入ってきた。

「奈々ちゃん、力を抜いて」

動きを止めた慎之介が、また小声で言った。その息がまたわたしの顔に吹きかかった。

無意識のうちに、わたしは両手で慎之介の背を抱き締めていた。わたしもそうだったけれど、彼の体も噴き出した汗でぬるぬるになっていた。

再び慎之介が腰を突き出し始めた。石のように硬い男性器が、わたしをさらに押し広げ、さらに奥へと突き進んでいった。

痛みに耐えながら、わたしはそれを感じた。

「入ったよ、奈々ちゃん。根元まで入った」

やがて彼の声が耳に届いた。

その言葉に、わたしは今度は頷いた。気がつくと、わたしの目には涙が浮かんでいた。

痛かった。確かにとても痛かった。けれど、あの時、わたしの体には強い喜びが満ちていた。たった今、彼とひとつになっているのだという喜びだった。

男性器がわたしの中に完全に沈み込むと、慎之介がゆっくりと腰を前後に動かし始めた。

最初のうち、その行為はわたしに耐え難いほどの痛みをもたらした。けれど、動き続けるうちに、その痛みは少しずつ和らいでいった。

慎之介にもそれがわかったのだろう。最初はゆっくりだった彼の動きが、少しずつ早くなっていき、やがてはかなりの荒々しさでわたしの子宮を突き上げ始めた。

痛みだけを覚えていた時には、わたしはほとんど声を出さなかった。けれど、時間の経過とともに、わたしは痛みだけでなく快楽を覚え始めた。

男性器の挿入を初めて受けた女が快楽を覚えることは、とても稀《まれ》なことだと聞いていた。だが、実際にそうだったのだ。わたしはあの初めての時に、早くも快楽を覚えていたのだ。

痛みの時には声を出さずにいられた。けれど、徐々に大きくなってくる快楽に抗《あらが》い続けることは難しかった。

「あっ……いやっ……あっ……ダメっ……ダメっ……」

クリトリスを愛撫《あいぶ》されていた時と同じように、わたしは淫《みだ》らな声をあげた。硬直した男性器が子宮に激突するたびに、否応《いやおう》なしにその声が出た。

男性器の挿入を受けているあいだ、わたしは何度か目を開いた。

わたしの顔のすぐ前には慎之介の顔があった。その顔は怖いほどに真剣だった。

いったいどのくらいのあいだ、わたしの上で腰を打ち振っていただろう。やがて慎之介が急に男性器を引き抜いて、「奈々ちゃん、飲んで」と急《せ》いたように言った。そして、わたしの上半身を素早く抱き起こし、自分は中腰になって、たった今までわたしの中に沈み込んでいた男性器を、わたしの口の中に深々と押し込んだ。

まったく予期しなかった出来事に、わたしはひどく驚いた。強い屈辱も感じた。それでも、ふたりの体液やわたしの血液にまみれた巨大な男性器を、吐き出そうとはしなかった。

次の瞬間、わたしの口の中で男性器が痙攣《けいれん》を開始した。男性器は規則的な痙攣を繰り返しながら、粘り気のある熱い液体をとめどなく放出した。どろどろとした液体が、舌の上に広がっていくのが感じられた。

その液体が何であるかは、もちろん、わたしにもわかっていた。

男性器の痙攣が終わるのを待って、慎之介がそれをわたしの口から引き抜いた。

改めて目にした男性器は本当に大きくて、それがわたしの中に完全に入り込んでいたとは、今になってもまだ信じられなかった。

「奈々ちゃん、口の中のものを飲み込んで」

欲望に潤んだ目でわたしを見つめた慎之介が命じた。その顔は相変わらず、見たこともないほどに真剣だった。

飲む？　精液を飲み込む？　どうしてそんなことをする必要があるの？

わたしはまた屈辱を覚えた。年下の彼に支配され、服従を強いられているように感じたのだ。わたしの髪はいつの間にか、慎之介によってがっちりと鷲摑《わしづか》みにされていた。

そのことも、わたしが屈辱を覚えた理由のひとつだった。

それでも、わたしは年下の男に命じられるがまま、口の中のどろりとした液体を……彼の精子が無数に含まれているはずのその体液を、何度かに分けて嚥下《えんげ》した。そうすることが、彼に対する愛の証《あかし》のようにも思えたのだ。

4

その月曜日の朝も、わたしは午前六時に目を覚ました。

それはほかの平日と同じだったけれど、今朝のわたしは眠たくてぼんやりとしていた。江口慎之介から突如として届いたメッセージにひどく心を乱されて、昨夜はよく眠れなかったのだ。

浅い微睡《まどろ》みのあいだに、いくつもの夢を見た。どれも慎之介の夢で、その夢のひとつで、わたしは彼と性行為をしていた。

ベッドにパジャマの上半身を起こすと、わたしはあくびを何度も繰り返した。

きょうも天気がいいようだった。カーテンの合わせ目から差し込む朝日が、フローリングの床を細く照らしていた。窓を閉め切った部屋の温度はかなり上がっているようで、寒がりのわたしでさえ少し汗ばんでいた。

毎朝そうしているように、ベッドを出たわたしは、パジャマ姿のままIHヒーターにやかんを載せて湯を沸かし始めた。紅茶専門店で買ってきたばかりのダージリンを淹《い》れるつもりだった。

湯が沸くのを待つあいだに、わたしは昨夜、電源を切ったスマートフォンを立ち上げた。

もしかしたら、また慎之介からメッセージが届いているのかもしれない。いや、届いているに違いない。

わたしはそう思った。そして、その予想は見事に的中した。立ち上げたばかりのスマートフォンには、江口慎之介からのメッセージがいくつも届いていたのだ。

今度はほとんどためらうことなしに、わたしは彼からのメッセージを次々と読んだ。

それらメッセージは、わたしをひどく驚かせた。慎之介が離婚していたからだ。

彼は勤務していた大手の製薬会社も辞め、少し前には東京の実家に戻ってきたということで、わたしに会いたいと切実に訴えていた。

『奈々ちゃん、会ってよ。奈々ちゃんの顔がどうしても見たいんだ。僕にとって奈々ちゃんがどれほど大切な人だったか、どれほどかけがえのない存在だったか、別れて初めてわかったんだよ』

最後に送られてきたメッセージには、そんな言葉が書かれていた。

『大切な人』『かけがえのない存在』

その文字を読んだ瞬間、下腹部が疼《うず》くように感じた。

甘えたようにわたしを見ている時の慎之介の顔を、わたしは反射的に思い浮かべた。

わたしにあれほどひどいことをしたというのに、ぬけぬけとそんなメッセージを送ってくる慎之介の図々《ずうずう》しさや、デリカシーのなさが腹立たしかった。だが、同時に、それはいかにも彼らしい気がした。

そう。慎之介は猫のような性格の男だった。彼は自分勝手で、気まぐれで、わがままで、深く考えることなく、その時その時の思いつきで行動を起こした。けれど、猫と同じように、慎之介に悪気は少しもなく、人を騙《だま》そうとか踏みつけにしようという考えもなく、よく言えば天真爛漫《らんまん》で無垢《むく》、悪く言えばとても子供っぽい性格の持ち主だった。

わたしはスマートフォンの画面に触れ、慎之介に返信のメッセージを書き始めた。彼に会えない理由を伝えようと考えたのだ。

けれど、途中で思いとどまり、わたしは書きかけたメッセージをすべて消去した。

返信などすべきではないのだ。彼とは二度と関わってはいけないのだ。


平日にはいつもそうしているように、午前七時半に部屋を出たわたしは、徒歩五分ほどのところにある地下鉄の駅へと向かって歩いた。

まだ朝だというのに、暴力的なほどの日差しがギラギラと照りつけていた。気温もかなり上がっているようで、道ゆく人々の多くはうんざりとしたような顔をしていた。

女たちのほとんどが薄着で、腕や肩や脚を剝《む》き出しにしている女たちも多かった。けれど、わたしは長袖《ながそで》のブラウスを身につけていた。今朝はそのブラウスに少し厚手の黒いパンツという格好で、踵《かかと》の低い黒いパンプスを履いていた。

いつものように、化粧はリップルージュだけで、ファンデーションもアイシャドウもつけていなかった。わたしのオフィスは冷房が効きすぎているから、防寒のために今朝もわたしは薄手のカーディガンを小脇に抱えていた。やはり防寒対策として、黒いパンツの下には厚手のタイツを穿《は》いていた。

今朝もアクセサリー類はひとつもつけていなかった。ダイヤモンドの婚約指輪も、会社に行く時には外していた。

上りのプラットフォームは、いつものように、通勤するサラリーマンやOLでひどく混雑していた。地下鉄の構内には冷房がかかっていたが、扇子やうちわを動かしている人が何人もいた。ハンカチで額の汗を拭《ぬぐ》っているサラリーマンの姿もあった。

わたしはプラットフォームの片隅に佇《たたず》み、間もなくやってくるはずの渋谷方面へと向かう電車を待った。

わたしのすぐ脇には、若い女が立ってスマートフォンを操作していた。わたしよりいくつか年下、二十五歳前後に見えるかなり痩《や》せた女だった。

さりげなさを装いながら、わたしはその女に視線を送った。痩せた女がいると、どうしても見てしまうのだ。

その女はそれほど美人ではなかったけれど、気の強そうなその顔に、元の顔が想像できないほど濃密な化粧を施していた。ベースクリームとコンシーラー、コントロールカラーとファンデーション、チークと粉おしろい、ハイライトとノーズシャドウ、アイブロウペンシルとアイライナー、アイシャドウとマスカラ、リップルージュとリップグロス……鏡の前で手を動かしている女の姿を、わたしは容易に想像できた。

そう。かつてのわたしも、毎朝、たくさんの化粧品を使って、実に長い時間をかけて化粧を施していたのだ。

スマートフォンの操作を続けている女は、白いタンクトップを身につけ、小さな尻《しり》に張り付くような白と黒のストライプのスカートを穿いていた。足元はとても踵の高い白いエナメルのストラップサンダルで、極端に短いスカートから突き出した引き締まった脚が何となくなまめかしかった。

女は全身にたくさんのアクセサリーを光らせていた。タンクトップの裾《すそ》から覗《のぞ》く臍《へそ》に、ハート型をした金のピアスが嵌《は》められているのが見えた。女は栗色に染めた長い髪を、背中で美しく波打たせていた。長く伸ばした手の爪は派手なジェルネイルに彩られていた。

スマートフォンを操作していた女が、栗色の長い髪を何気なく掻《か》き上げた。その瞬間、白く柔らかそうな脇の下が見えた。タンクトップの袖口《そでぐち》から、淡いブルーのブラジャーもちらりと見えた。

色っぽい女だな。

わたしはそう思った。

そう感じているのはわたしだけではないようで、そばにいた何人もの男たちが女のほうに視線を向けていた。

混み合ったプラットフォームの片隅で、その女を見ているうちに、わたしはまた昔のことを思い出した。自分を少しでも綺麗《きれい》に見せようとしている彼女の姿が、かつての自分と重なって見えたのだ。

5

慎之介と体の関係を持った数日後に、わたしは眼鏡をやめてコンタクトレンズをするようになった。会うたびに、彼がわたしの眼鏡を『変てこりん』だと言って馬鹿にしたから。

眼鏡をやめたわたしを、慎之介が驚いたような顔をして見つめた。そして、「奈々ちゃん、すごくいいよ。ものすごく綺麗だよ」と褒めてくれた。

褒められたことに気をよくしたわたしは、リップルージュを塗り、アイシャドウをつけてみた。するとまた慎之介が、「奈々ちゃん、すごく綺麗だ。芸能人がいるみたいだよ」と褒めてくれた。

褒められることが嬉《うれ》しくて、わたしは次々と化粧品を買い求め、どんどん化粧を濃くしていった。入念な化粧が施されたその顔を、慎之介はいつも大袈裟《おおげさ》なくらいに褒めてくれた。

やがて、わたしは買い物に、慎之介に付き合ってもらうようになった。慎之介がお洒落《しゃれ》にしているのだから、恋人であるわたしも少しは着る物や、持ち物に気を遣うべきかもしれないと考えたのだ。

慎之介と連れ立っての買い物では、わたしはいつも彼に勧められてフェミニンな服や、とても踵の高いパンプスやサンダルを買った。

慎之介と付き合うまでのわたしは、ミニスカートもショートパンツも穿いたことはなかった。けれど、腕や脚を露出すると慎之介が喜ぶので、彼と付き合っている時のわたしは頻繁にミニスカートやショートパンツを穿いていたものだった。

ミニスカートやショートパンツを身につけ、ハイヒールのパンプスやサンダルを履いたわたしを、慎之介はいつも『すごく素敵だ』『セクシーで、ゾクゾクする』『グッとくる』『似合うなあ』などと言って褒めてくれた。それが嬉しくて、わたしは慎之介好みの女へとどんどん変わっていった。

男だというのに、慎之介はたくさんのアクセサリーを光らせていた。それを見習うかのように、すぐにわたしもたくさんのアクセサリーを身につけるようになった。髪を伸ばして栗色に染め、毛先に緩いパーマをかけるようにもなった。

「平子さん、何か心境の変化でもあったんですか？」

わたしの変貌《へんぼう》を目にした友人たちや、文芸サークルのメンバーたちから、わたしは何度となくそんなことを言われた。

そうなのだ。わたしには心境の大きな変化があったのだ。わたしは慎之介に気に入られたいがために、男に媚《こ》びるような女になってしまったのだ。

それはよくわかっていた。それでも、慎之介好みの女に変わることにためらいはなかった。それどころか、慎之介を喜ばせることが、嬉しくてたまらなかった。

ふだんのわたしはパジャマで寝ていた。けれど、慎之介がわたしの部屋に泊まっていく時だけは、彼の目を喜ばせるために、半透明のネグリジェやエロティックなベビードールを身につけた。そういう時には下着も、慎之介好みのエロティックなものばかりを身につけるようにしていた。

慎之介と付き合っていることを、わたしは周りの人々に知られたくないと考えていた。公私のけじめをつけたかったから。慎之介とわたしが性行為をしている様子を、誰かに想像されるのも嫌だった。

けれど、慎之介はお喋《しゃべ》りで、秘密を守ることができない男だったから、それはたちまちにして文芸サークルの学生たちだけでなく、法学部のわたしのクラスの人たちまでに知れ渡ることになった。

「平子さんって、江口くんみたいな男の子が好きだったの？　見た目とは違って、普通の女の子だったんだね」

サークルの女子学生たちから、わたしはそんなことを言われた。「江口くんが平子さんみたいなタイプを好きだとは思ってもみなかった」と言われたこともあった。

彼女たちが驚くのは無理もなかった。生真面目で努力家で意志が強く、冗談など決して口にせず、みんなから少し怖がられていたわたしと、不真面目で軽薄で、ちゃらんぽらんな慎之介とはあまりにも不釣り合いだった。

サークル内の女子学生の中には、わたしに嫉妬《しっと》している者もいた。慎之介に思いを寄せていた女たちだった。

自分に向けられた妬《ねた》みや嫉《そね》みが鬱陶《うっとう》しくて、わたしは文芸サークルを辞めた。わたしが辞めると同時に、慎之介も退会した。

6

今朝もわたしがオフィスに着いたのは、いつもと同じ八時二十分で、出勤しているのはまだほんの数人だった。

今のわたしは人材派遣会社に登録して、主に事務処理の仕事をしていた。派遣社員は身分が不安定で給料が安い上に、ボーナスが出なかったけれど、ほかに雇ってくれるところがないのだから贅沢《ぜいたく》は言っていられなかった。

わたしはこれまでにいくつかの会社に派遣されてきた。大手企業に派遣されたこともあったし、社長と奥さんがふたりきりで働いているような小さな会社に派遣されたこともあった。一年ほど前からは、関東一円に十数店舗の焼肉レストランを出店している中規模な会社の本社オフィスで事務処理を担当していた。

今のわたしの勤務先は、渋谷駅からほど近いインテリジェンスビルの八階にあった。広さは六十平方メートルほどで、そこで社長や専務を含めて二十人ほどが勤務していた。正社員はほんの数人で、社長の秘書を別にすれば、ここで働いている女性は全員がわたしと同じ会社から派遣されていた。

ここで働く女性には制服が用意されていた。出社したわたしはすぐに更衣室に行き、そこで制服に着替えた。

ここの制服は白いブラウスに、濃紺のジャンパースカートというものだった。痩《や》せているわたしはいつもSサイズの制服を選んでいたが、そうするとスカートの丈がかなり短くなってしまった。この季節のブラウスは半袖《はんそで》だった。寒がりのわたしに半袖は辛《つら》かったが、わたしは文句を言わずにそれを身につけていた。

始業時刻は九時だということもあって、わたし以外の派遣社員はまだ誰も出勤していなかった。派遣社員は時間で管理されているから、早く働き始めるのは損だとみんなが考えているようだった。

けれど、制服を身につけたわたしはすぐに自分の机についた。そして、パソコンを立ち上げ、机の上にたくさんの書類を広げて、金曜日にやり残した事務処理の仕事を始めた。

ここでわたしがしているのは、誰にでもできるような簡単な事務仕事だった。それは学生時代にわたしが望んでいた職業とはかけ離れていた。

それでも、わたしはどの派遣先でも与えられた仕事を真面目に、一生懸命にこなしていた。わたしは仕事が早かったし、ミスも少なく、気遣いもできたから、どの派遣先でも重宝がられていた。

今朝もオフィスには寒いほどに冷房が効いていた。わたしはカーディガンを羽織り、ウールのひざ掛けを使っていたけれど、それでも体が震えるのを抑えられなかった。

「平子さん、おはよう。もう仕事かい？　いつも真面目だなあ」

出勤してきたばかりの営業部長が笑顔でわたしに言った。いつも優しげに笑うその中年の男が、今のわたしの直属の上司だった。

少し前にその営業部長から、派遣会社を辞めてこの会社の正社員にならないかと言われたことがあった。「平子さんみたいに真面目で優秀な人が正社員になってくれたらって、みんな言ってるんだ」と。

それはありがたいことだったけれど、わたしはその申し出を丁重に断っていた。婚約者の飯島一博は、結婚後はわたしに専業主婦として家庭を守ってもらいたいと言っていたから、結婚したらわたしは派遣会社を辞めるつもりでいた。

やがて次々と、派遣社員の女たちが出勤してきた。彼女たちの何人かは、長い髪を美しくなびかせ、かつてのわたしのように濃密な化粧を施していた。

昼休みになった。一緒に働いている派遣社員たちは、連れ立ってランチに行ったり、オフィスの隣にある休憩室で弁当を広げたりしていた。

けれど、わたしはいつものように、ひとりきりでオフィスを出た。ダイエットをしていることを、ほかの人々に知られたくなかったから、わたしはいつもこんなふうに、ひとりで食事に出ていた。

屋外には真夏の空気が立ち込めていた。凍えていたわたしは、その暖かさにほっとした。

いつものように、わたしはオフィスのすぐ近くにあるカフェに入った。紅茶がとても美味《おい》しいことと、冷房があまり効いていないこと、窓が大きくて明るいこと、内装が洒落《しゃれ》ていること、それにランチタイムにもあまり混んでいないことが気に入っていた。

その店ではいつもそうしているように、わたしはダージリンのファーストフラッシュとポタージュスープと温野菜のサラダ、それにトーストを注文した。スープとサラダとトーストの熱量は、合計しても三百キロカロリーに満たないはずだったから、それだけなら太ることを気にする必要はなかった。トーストにはジャムとバターが添えられてきたが、わたしはそのジャムやバターに手をつけたことがなかった。サラダにもドレッシングはかけなかった。もちろん、ダージリンに砂糖を入れることもなかった。

注文したものを待っているあいだに、わたしはスマートフォンを取り出した。思った通り、そこにまた江口慎之介からの新たなメッセージがいくつも届いていた。

『奈々ちゃん、どうして返事をくれないの？　もしかしたら、まだ怒っているの？』

『奈々ちゃんに会いたいんだ。会って話がしたいんだ』

『もう二度と迷惑はかけない。奈々ちゃんの人生を邪魔するようなこともしない。だから、一度だけ、一度だけでいいから会ってくれないか？』

『お願いだよ。奈々ちゃんの顔を、もう一度だけ、僕に見せてくれよ』

慎之介からのメッセージの数々を、わたしは何度も繰り返し読んだ。そうするうちに、気持ちがぐらぐらと動き始めた。

付き合っていた頃から、わたしは慎之介に頼まれると弱かった。甘えたような目で見つめられると、拒絶することができなくなってしまうのだ。

奈々、あんた、何を考えているの？　あんな男に会ってどうするつもりなの？　あんたにはカズさんという婚約者がいるでしょう？　今さら慎之介に会って何になるっていうの？

わたしは自分にそう言い聞かせた。

そう。会ってはいけないのだ。返信などすべきではないのだ。

それがわかっているにもかかわらず、わたしはスマートフォンの操作を始めていた。

わたしは慎之介に、会うだけなら構わないというメッセージを書いた。『だけど、会うのは一度だけよ。二度目は絶対にないわ。その約束ができるなら、一度だけ会ってあげてもいいよ』と。

わたしの中にいる理性的なわたしが、そのメッセージの送信を阻止しようとした。けれど、わたしはその制止を振り切って、書いたばかりのメッセージを慎之介に送信した。

ものの一分としないうちに、慎之介からメッセージが届いた。

『奈々ちゃん、返信をありがとう。嬉《うれ》しいよ。すごく嬉しいよ』

彼からのメッセージはそんなふうに始まっていた。そのメッセージの中で、彼は今夜、わたしと会いたいと言っていた。

わたしは『いいわよ』という返事を送ろうとした。いつの間にか、わたしも早く彼に会いたいような気持ちになっていたのだ。けれど、その直後に考えを変えた。

きょうのわたしはとても地味な格好をしていたし、アクセサリーも身につけていなかった。化粧道具も香水も持参していなかったし、マニキュアもペディキュアも塗っていなかった。

『きょうはダメ。都合が悪いの。でも、あしたの夜なら、会ってあげてもいいよ』

そうメッセージを送信すると、わたしはテーブルにスマートフォンを置き、メッセージを受け取った慎之介の嬉しそうな顔を思い浮かべた。

そう。嬉しい時の彼は、本当に嬉しそうな顔をする男だった。かつてのわたしは、その顔を見るのが大好きだった。

食事を終えてカフェを出たわたしは、慎之介のことを考えながら、ゆっくりとした足取りでオフィスへと戻った。わたしがメッセージを送った直後に、慎之介から返信があって、わたしたちはあしたの夜、かつても何度か待ち合わせたことのある渋谷のカフェで落ち合うことになった。

奈々、あんた、本気なの？　これはカズさんへの明らかな裏切りよ。

理性的なわたしが言った。けれど、わたしはその声から耳を塞《ふさ》ごうとした。

「平子さん、嬉しそうね。何かいいことでもあったの？」

オフィスに戻ったわたしに、社長の秘書をしている女性が言った。

その言葉にわたしは驚いた。

いつの間にか、わたしの顔には笑みが浮かんでいたのだ。

その午後はなかなか仕事に集中ができなかった。何をしていても、慎之介のことが頭に浮かんできたからだ。

それでも、わたしはいつもの通り、与えられた仕事を終業時間まで黙々と続けた。

「平子さん、きょうは何だか嬉しそうね」

一緒に働いている派遣社員の女たちから、わたしは何度となくそう声をかけられた。

自分では気づかなかったけれど、わたしの顔にはずっと笑みが浮かんでいたようだった。

その午後、冷房の寒さに凍えながらも、わたしは断続的に慎之介のことを考えていた。もっとはっきり、露骨に言えば、慎之介との性行為を思い出していた。

そう。その午後、わたしの顔に浮かんでいた笑みは、とても淫靡《いんび》なものだったのだ。

7

体の関係を持つようになってからの慎之介は、毎日のようにわたしの部屋にやってきた。

彼は来るたびに、貪《むさぼ》るかのようにわたしを抱いた。

まだ若かったということもあって、慎之介は性欲がとても旺盛《おうせい》だった。二度するのは当たり前で、三度も四度も求められることも少なくなかった。

彼はオーラルセックスが大好きで、やってくるたびに、荒々しくわたしの口を犯した。自分の足元にわたしを跪《ひざまず》かせ、硬直した男性器を口に押し込んだのだ。

「いやっ……お願い、きょうはやめて……」

わたしはしばしばそう言って、オーラルセックスを拒もうとした。

けれど、慎之介は、一度言い出したら絶対に聞かなかった。

仁王《におう》立ちになった彼の足元に力ずくで跪かされ、髪を鷲摑《わしづか》みにされて口に男性器を押し込まれながら、わたしはいつも耐え難いほどの屈辱感を覚えた。年下の彼に無理やり服従させられているように感じたのだ。

けれど、意外なことに、その屈辱感に高ぶりもした。

硬直した男性器を口に深々と押し込まれ、顔を前後に打ち振らされ、ほとんど酸欠状態に陥りながらも、わたしは実に頻繁に股間《こかん》を潤ませていたものだった。

それまで自分ではまったく気づかなかったが、生真面目で努力家でしっかり者のわたしの中には、マゾヒスティックな一面が潜んでいたようだった。

荒々しく喉《のど》を突き上げられたわたしは、オーラルセックスの途中で頻繁に男性器を吐き出し、身をよじってゲホゲホと激しく咳《せ》き込んだ。

「もう許して……お願い、許して……」

涙の浮かんだ目で彼を見上げてわたしは哀願した。

けれど、慎之介がわたしの哀願を聞き入れてくれたことは一度もなかった。

わたしの中に潜んでいるマゾヒスティックな願望に、慎之介も気づいていたのかもしれない。ふだんの彼はとても優しかったが、性的な行為をしている時には、いつもサディスティックな暴君へと変貌《へんぼう》した。

「続けて、奈々ちゃん。早く咥《くわ》えて」

わたしの髪を鷲摑みにしたままの慎之介が、怖い顔をして命じた。そして、唾液《だえき》にまみれて光る男性器を、再びわたしの口に押し込もうとした。

たいていの時、わたしは諦《あきら》めて再びそれを口に含んだ。けれど、時には顔を背けることもなくはなかった。

そんな時、慎之介は「言われた通りにしなさい」と強い口調で命じ、しばしばわたしの頬を平手で張った。

それはゲームのようなもので、彼がわたしを強く打《ぶ》つことはなかった。けれど、生まれてから頬を張られたことなど一度もなかったわたしは、平手打ちを受けたことに凄《すさ》まじいまでの屈辱を覚えた。頬を打たれて、本気で慎之介を憎んだこともあった。

けれど、平手で頬を張られた瞬間に、股間がさらに潤むこともあった。彼に打たれたくて、オーラルセックスをわざと拒んでみることさえあった。

慎之介と付き合い始めたばかりの頃、わたしのオーラルセックスはひどく稚拙だったようだ。けれど、毎日のようにそれを強いられていたから、たちまちにしてわたしは上達した。ほんの数分のうちに、彼を絶頂に導くことができるようになったのだ。

オーラルセックスを長く続けるのは苦しいことだったから、わたしは早くそれを終わらせるために、いつも必死で慎之介を絶頂へと導いたものだった。

その午後、オフィスで事務処理を続けながら、わたしはそんなことを思い出し続けていた。

8

その翌朝、慎之介と再会する日の朝、わたしはとても裾《すそ》の短いホルターネックの白いワンピースをまとい、久しぶりにブレスレットやネックレスを身につけた。ピアスの穴はいつの間にか埋まっていたので、今朝はピアスではなくイヤリングをつけた。

身支度を終えて部屋を出る前に、わたしは洗面所の鏡の前に立った。そして、ぴったりとしたワンピースに包まれた自分の全身をまじまじと見つめた。

その瞬間、わたしは自分がタイムスリップでもしたかのような感触に陥った。髪が短いことと、まだ化粧をしていないことを別にすれば、そこに映っているのはまさに、慎之介に夢中になっていた頃のわたしだった。

最後にわたしは大きめのバッグにたくさんの化粧道具を詰め込んだ。そして、下駄《げた》箱の中からとても踵《かかと》の高い洒落《しゃれ》たパンプスを選び、それを履いて自宅を出た。

そんな格好で今の会社に出勤するのは初めてだった。

慎之介と付き合っていた頃のわたしは、踵の高いパンプスやサンダルばかり履いていた。だから、ハイヒールには慣れているはずだった。けれど、今朝は駅に向かって歩いている途中で何度となくよろけた。慎之介と別れてからはペタンコの靴ばかり履いていたから、久しぶりのハイヒールはやはり歩きにくかった。

化粧をしていないにもかかわらず、今朝のわたしは自分に向けられるいくつもの視線を感じた。薄いストッキングに包まれたわたしの脚を見つめる男たちの目には、明らかな欲望が感じられた。

わたしがオフィスに着いた時には、出勤していたのはまだ数人だけだった。その数人が、タイムカードを押しているわたしを驚いたような顔をして見つめた。

「平子さん、きょうは随分とお洒落をしてるんだね。平子さんじゃないみたいだ」

わたしよりいくつか年上の営業の男が、わたしの脚にいやらしい視線を向けて言った。

「平子さんって、脚がものすごく綺麗《きれい》なんだね。知らなかったよ」

「今夜は友人のパーティーに行くんで、それで……」

わたしはそう言い訳をすると、パンプスの音を派手に打ち鳴らしながら、逃げるかのように更衣室へと向かった。

午後五時の終業時刻を待ちかねたかのようにオフィスを出たわたしは、すぐ近くにあるシティホテルへと向かった。そして、そのホテルのロビーラウンジの奥にある清潔で広々としたトイレで、長い時間をかけて丁寧に化粧を施した。

ベースクリームとコンシーラー、コントロールカラーとファンデーション、チークと粉おしろい、ハイライトとノーズシャドウ、アイブロウペンシルとアイライナー、アイシャドウとマスカラ、リップルージュとリップグロス……たくさんの化粧品を使って入念に化粧をするのは実に久しぶりだった。

鏡に顔を寄せるようにして化粧を施しながら、わたしは何度となく慎之介のことを考えた。

わたしにあんなひどいことをしておいて、慎之介のやつ、どの面下げてやってくるんだろう？　会ったら、あの時のことを謝罪するのだろうか？　それとも、あっけらかんとした顔をしているのだろうか？

いずれにしても、彼と会うのはこれで終わりにするつもりだった。

化粧が済むと、わたしはバッグからダイヤモンドの婚約指輪を取り出し、それを左の薬指にしっかりと嵌《は》めた。

わたしが約束のカフェに着いた時には、慎之介はすでにそこにいた。だぶだぶとしたストライプのシャツに、チェックのパンツという格好で、ごつい革製のブーツを履いていた。

彼の耳たぶにはシルバーのピアスが揺れていた。襟元では太いシルバーのネックレスが光っていた。女のようにほっそりとした指には、いくつかのリングが嵌められていた。

慎之介と別れてから、すでに四年近い歳月が流れていた。けれど、カフェにいた慎之介はあの頃と少しも変わっていないように見えた。それはまるであの日からタイムスリップしてきたかのようだった。

彼は今もほっそりとしていて、女のようにも見える綺麗な顔をしていた。お腹もまったく出ていないように見えた。最後に会った時の慎之介は髪を短くしていたが、今の彼は髪がかなり長くて、少し茶色く染めたその髪に柔らかなパーマがかけられていた。

慎之介を目にした瞬間、わたしの中に強烈な感情が込み上げてきた。嵐のようなその感情に突き動かされ、わたしは思わず目を潤ませた。

どうしたの、奈々？　しっかりしなさい。

わたしは自分にそう言い聞かせ、あえて深刻そうな顔を作った。そして、その深刻そうな顔のまま、カフェの片隅のテーブルにいる慎之介へと歩み寄った。

すぐに慎之介もわたしに気づいた。わたしを目にした瞬間、慎之介の顔にとても人懐こそうな笑みが浮かんだ。

「奈々ちゃん！」

椅子から立ち上がった慎之介が、辺り憚《はばか》らぬ大声を上げた。その声があまりにも大きいので、カフェにいた人々の多くが慎之介に驚いたような視線を向けた。

慎之介の声を耳にした瞬間、再び強烈な感情がわたしの中に込み上げてきた。もはや深刻そうな顔を続けていることは難しかった。

9

その晩、若者たちで混雑したカフェの片隅のテーブルにわたしと向き合って、慎之介はわたしと別れてからきょうまでのことを、身を乗り出すようにして話した。ほっそりとした彼の左の薬指には、結婚指輪のものらしい跡がうっすらと白く残っていた。

慎之介が結婚したのは、彼が勤務していた大手製薬会社の執行役員のひとり娘だという同い年の女だった。大阪にある製薬会社の本社ビルで受付をしていたその女に口説かれたのが、彼らのなれ初めのようだった。

「どんな人だったの？」

微《かす》かな怒りが込み上げるのを感じながら、わたしは尋ねた。

「うん。すごく綺麗で、可愛くて、お洒落で、セクシーな子だったんだ。すらりとしていて、手足が長くて、スタイルも抜群だったんだ。その子がどうしても僕のお嫁さんになりたいって言うから、それで奈々ちゃんと別れることに決めたんだ」

悪びれるふうでもなく慎之介が答えた。

「素敵な子だったのね？」

努めて平静を装いながら、わたしは訊《き》いた。けれど、胸の中はその女への嫉妬《しっと》や怒りでいっぱいになっていた。

「うん。素敵だった。それにすごく色っぽかったよ。僕にはサドっぽいところがあるけど、その子にはマゾの一面があってさ、セックスの相性もかなり良かったな」

やはりあっけらかんとした口調で慎之介が言った。そこには、わたしに対する罪悪感など微塵《みじん》も感じられなかった。

その言葉がまた、わたしの怒りと嫉妬心を搔《か》き立てた。わたしはかつて自分で思っていたより遥《はる》かに嫉妬深い女のようだった。

「そうなんだ？　だったら、そんな人と、どうして離婚したの？」

精いっぱいの皮肉を込めてわたしは言った。その女は結婚と同時に製薬会社を辞めて、専業主婦をしていたということだった。

「付き合っている時は楽しかったんだけど、結婚してみたら、すごくわがままで、自己中心的な子でさ。いや、わがままで自己中心的だっていうのは、付き合ってる時から知ってたな。とにかく、その子……カオリっていうんだけどさ……カオリのやつ、料理はまったくできないし、掃除も片付けもアイロン掛けもできないから、家の中はいつもぐちゃぐちゃでさ、綺麗《きれい》好きの僕としてはやり切れなかったよ。とにかくカオリは自分勝手で、一緒にいるあいだ、僕はあの女に振りまわされてばかりだったよ」

言っているうちに怒りが蘇《よみがえ》ってきたようで、慎之介は顔を赤くしていた。

「慎之介が振りまわされるなんて、信じられないわ」

思わずわたしは笑ってしまった。慎之介と付き合っている時のわたしは、彼にずっと振りまわされていたから。

「でも、そうだったんだ。それにカオリのやつ、ファザコンでさ、何か少しでも気に入らないことがあると、すぐに父親に言いつけるんだぜ。まったく、子供みたいなやつだったよ」

慎之介が不服そうに唇を突き出した。ふて腐れたようなその顔は、かつてと同じように魅力的に見えた。

結婚してすぐに、慎之介の妻のカオリは妊娠した。妊娠すると、彼女は慎之介を新居に残して実家に帰ってしまったのだと言う。

その頃から、慎之介は離婚を考え始めたようだった。

「それでカオリさんはすんなりと離婚に同意してくれたの？」

「すんなりというわけじゃなかったよ。ものすごく揉《も》めたんだ。だけど、最後には慰謝料と養育費を支払うのを条件に離婚に同意したよ」

「カオリさんにも非があるのに、慰謝料を支払わせられたの？」

「うん。離婚を切り出したのは僕だったからね。あっ、そうだ。離婚する時の条件の中には、僕が会社を辞めるというのも入ってたな」

「どうして辞める必要があったの？」

「カオリの父親が、娘を不幸にさせたって、ものすごく怒っちゃってさ、僕は会社にはいられなくなっちゃったんだ。カオリの父親は執行役員だからね。とにかく、カオリには本当にひどい目に遭わされたよ」

ふて腐れた顔の慎之介が言った。

「わたしにひどいことをしたから、その罰が当たったんでしょ。自業自得よ」

突き放したように言うと、わたしは笑った。本当にそう思っていたのだ。

「そうかもしれないね。自業自得なのかもしれない」

しんみりとした口調で慎之介が言った。「それで気づいたんだ。僕が奈々ちゃんにどれほどひどいことをしたのかって……」

「今さら気づいても遅いわ。何もかも、あとの祭りよ」

「そうかもしれないけど……奈々ちゃん、今から僕にその償いをさせてくれないかな？」

縋《すが》るような目で、慎之介がわたしを見つめた。わたしはその目に弱かった。

「償いって、どういうこと？」

「だから、あの……奈々ちゃんと僕、やり直せないかな？」

身を乗り出すようにして慎之介が言い、わたしの体の中をまた強烈な感情が走り抜けた。

「やり直すって？」

「だから、また昔みたいな仲になれないかな？」

その大きな目で、慎之介が覗《のぞ》き込むかのようにわたしの目を見つめた。

「そんなこと……あの……できないわ」

心が揺れるのを感じながらも、わたしはそう言った。

「どうしてできないの？」

「だって、わたし結婚するんだもん」

「えっ？　そうなの？」

「ええ。十月に結婚式を挙げるの。慎之介に再会した時は、ウェディングドレスを選びに行った帰り道だったのよ」

わたしは左手を掲げて、薬指で光っているダイヤモンドの指輪を慎之介に見せた。

それを目にした瞬間、慎之介の顔に強い落胆の色が現れた。

彼は喜怒哀楽をあからさまに表に出す男だった。

10

カフェを出たわたしたちは、そのすぐ近くにある居酒屋へと向かった。慎之介が飲みに行こうと執拗《しつよう》に誘ったからだ。わたしは断ったが、彼のしつこさに根負けして、「一杯か二杯だけよ」と言って居酒屋に行くことに同意した。

わたしたちが入ったのは安いチェーン店で、平日だというのに若者たちでひどく混雑していた。その混雑した居酒屋の片隅のテーブルに向き合い、わたしたちは枝豆や冷奴《ひややっこ》をつまみに生ビールやチューハイを飲んだ。

酒を飲みながら、慎之介がわたしに飯島一博のことを、「どんな人なの？」「どこで知り合ったの？」「結婚はいつするの？」などと質問した。

それでわたしは一博のことを、できるだけ正直に彼に話した。

「その人の写真見せてよ」

慎之介が言った。

「いやよ。見せたくないわ」

「見せるぐらい、いいじゃないか？」

慎之介にしつこく迫られて、わたしはしかたなくスマートフォンを取り出し、一博の写真を何枚か見せた。

スマートフォンの画面をまじまじと見つめた慎之介が、何度も首を傾げた。

「意外だな」

「何が意外なの？」

わたしは訊いた。けれど、慎之介がどんなことを考えているのかの察しはついていた。

「だって、この男の人、奈々ちゃんの好みからはかけ離れてるじゃないか？」

スマートフォンから顔を上げた慎之介が、わたしの顔をじっと見つめた。

「そうかしら？」

「そうだよ。この人、絶対に奈々ちゃんが好きなタイプじゃないよ」

慎之介が断言した。「奈々ちゃん、本当にこの人が好きなの？」

「どうしてそんなことを言うの？　嫌いな人と結婚するはずがないでしょう？　人の婚約者を馬鹿にするのはやめて」

強い口調でわたしは言った。慎之介の言葉に腹を立てていたのだ。

「ごめん、奈々ちゃん」

急に申し訳なさそうな顔になった慎之介が、わたしを見つめた。

わたしは無言で頷《うなず》いた。申し訳なさそうな慎之介の顔を見ていたら、怒りがたちまちにして引いていったのだ。

一杯か二杯だけという約束だったにもかかわらず、慎之介はその居酒屋で二杯のビールと二杯のチューハイを飲んだ。その後はウィスキーの水割りも二杯飲んでいた。

そんな彼の向かいで、わたしもビールを二杯とチューハイを二杯飲んだ。

「それにしても、奈々ちゃんはあの頃と少しも変わってないんだね」

ほんのりと頬を赤くした慎之介が笑顔で言った。

「おばさんになってると思ってたの？」

拗《す》ねたような顔をしてわたしは言った。

「そういうわけじゃないけど……女の人は年とともに太るから、奈々ちゃんもデブになってるかもしれないと思ってた」

「そうだったんだ？」

「でも、少しも太ってないね。それどころか、あの頃よりスタイルが良くなって、綺麗になったみたいに感じるよ」

慎之介が言い、わたしは戸惑ったような笑みを浮かべた。

瘦《や》せた女が好きな慎之介は、自分も太ることを気にしているのか、今夜は脂っこいものを口にしなかった。ここでの彼は枝豆と冷奴のほかには、つまみを何も頼まなかった。

わたしのほうは枝豆にも冷奴にも手をつけなかった。先日の一博とのフランス料理店での教訓から、わたしは途中で何度もトイレに立ち、胃の中のものをすべて吐き出していた。

酒を飲んでいるあいだに、わたしはこちらに向けられる視線を何度も感じた。見ているのはほとんどが女で、見られているのは慎之介だった。

慎之介のようなハンサムな男と向き合っていることを、わたしは得意に感じていた。

慎之介と付き合っていた頃のわたしは、しばしばそれを感じていたものだった。

居酒屋に入って一時間半ほどがすぎた頃、酔っ払ったらしい慎之介がテーブルの下に手を伸ばし、薄いストッキングに包まれたわたしの太腿《ふともも》に触れた。その瞬間、わたしの口から「あっ」という声が漏れた。直後に、官能的な気分が全身へと広がっていった。

そう。たったそれだけの接触で、わたしは感じてしまったのだ。

それでも、わたしは慎之介の手を強く払いのけ、あえて声を荒立てた。

「気安く触らないでっ！　わたしには婚約者がいるのよっ！」

周りの客たちが驚いたようにこちらに視線を向けた。

「ごめんね、奈々ちゃん。そんなに怒らないでよ」

慎之介がまた申し訳なさそうな顔をした。そして、その顔を目にした瞬間、わたしの中の怒りはたちどころに引いていった。

そう。わたしは彼のその顔に、本当に弱いのだ。

恋人として付き合っている時の慎之介は、わたしの腹が立つようなことをたくさんした。

　ほかの女子学生とデートをし、そのことをわたしに報告することさえあった。

　そういうことがあるたびに、わたしは怒りに身を震わせた。「もう許さない」「別れる」と思ったことも一度や二度ではなかった。

　けれど、慎之介に見つめられ、申し訳なさそうな顔で謝られると、怒りを持続させることは難しかった。

　慎之介は慎之介で、謝りさえすればわたしが簡単に許すと感じていたらしく、わたしを怒らせるようなことを頻繁にした。彼は懲りない男なのだ。

　あの頃の慎之介にはお金がなかったので、デートの費用はいつもわたしが支払っていた。洋服や靴やアクセサリーなども頻繁に買ってあげていた。

　わたしはそのお金を捻出《ねんしゅつ》するために、実家の両親に「本を買う」「教材費が足りない」などと嘘をついて、しばしば送金をせびった。

　洋服代や化粧品代、慎之介との外食代などで、あの頃のわたしにはたくさんのお金が必要だった。両親に送金をせびるのには限度があり、わたしは週に何度か、夕方から深夜まで、大学の近くのファミリーレストランでウェイトレスのアルバイトをするようになった。もちろん、実家の両親には内緒だった。

　アルバイトをしたのは初めてだった。ウェイトレスという仕事は思っていた以上の重労働だった。客に笑顔で接し続けるというのも、わたしにはあまり向いていなかったようで、夜、仕事を終えた時には目を開けているのも辛《つら》いほどの疲れを感じたものだった。わたしは勉強家だったから、ほとんど毎日机に向かい、長いあいだ勉強をしていた。けれど、アルバイトを始めてからはその勉強時間も削られてしまい、わたしの成績は下降の一途をたどった。

あの頃のわたしは、基本的には週に三日、大学が終わってからファミリーレストランで働いていた。店長に懇願されて、四日勤務することもあった。

そのアルバイトがない日に、慎之介はほとんど必ずわたしの部屋にやってきて、わたしをベッドに押し倒し、着ているものを剝《は》ぎ取って、執拗にわたしの体を貪《むさぼ》った。

「慎之介がわたしと付き合っているのは、体が目的なんじゃない？」

いつだったか、行為のあとで、わたしは口を尖《とが》らせて彼にそう言ったことがあった。

すると彼は悪びれるふうでもなく、「それもあるよ」と言った。

「そうなの？」

「セックスをすることも含めて、僕は奈々ちゃんが好きなんだよ。恋人になるって、そういうことなんじゃないの？」

あの時、あっけらかんとした口調でそう言うと、彼は全裸のわたしを再び抱き締め、再び体を求めてきたものだった。

ファミリーレストランのアルバイトで得た報酬のほとんどを、わたしは慎之介のために使っていた。そういうこともあって、あの頃のわたしは慎之介に利用されているように……いや、寄生されているように感じもした。

それでも、別れることは考えられなかった。慎之介と一緒にいると、わたしは強い幸せを感じたから。

「奈々ちゃん」「奈々ちゃん」

慎之介がそう言って、甘えたような目で見つめるたびに、わたしは母性本能を鷲摑《わしづか》みにされるような気がした。そして、この男と一緒にいるためになら、どんなことでも犠牲にできるとさえ思った。

今になって思えば馬鹿馬鹿しいことだけれど、あの頃のわたしは完全にのぼせ上がっていたのだ。

11

わたしたちが居酒屋を出たのは、間もなく午後十時になろうという時刻だった。

その店の代金はわたしが支払った。

「僕が誘ったんだから、僕が払うよ」

わたしから伝票をひったくって慎之介が言った。

「いいのよ。わたしに払わせて。あの頃はいつもこうしていたじゃない」

「でも、それじゃ、悪いよ」

「いいの。払わせて」

慎之介から伝票を奪い返してわたしは言った。

「本当にいいの？　ありがとう、奈々ちゃん。助かるよ」

申し訳なさそうな慎之介が言った。

きょうのわたしのパンプスの踵《かかと》は十五センチ近くもあるというのに、そうして向き合って立つと、慎之介の目はわたしのそれよりまだ少し上に位置していた。

「助かるって……慎之介、お金に不自由しているの？」

レジ係の女の子にクレジットカードを差し出しながら、わたしは慎之介に訊《き》いた。

「まあね。カオリにたっぷりと慰謝料を搾り取られたし、それなりの額の養育費も支払わされているからね。今の僕はアルバイト販売員の身分だし、お金には不自由し続けてるよ。実を言うと、今の僕は借金まみれなんだよ」

いじけたように笑いながら慎之介が言った。彼は今、実家のすぐ近くにあるドラッグストアで販売員のアルバイトをしていると聞いていた。

慎之介とは地下鉄の改札口で別れた。

「奈々ちゃん、会ってくれてありがとう。今夜はすごく楽しかった。こんなに楽しかったのは、本当に久しぶりだったよ」

別れ際に慎之介が、わたしをじっと見つめて言った。

「そうね。わたしも楽しかったわ」

わたしは彼を見つめ返した。わたしも彼と同じように、これほど楽しかったのは実に久しぶりだと感じていた。

「また連絡するよ。あの……また、僕と会ってくれるよね？」

わたしの顔色を窺《うかが》うようにして慎之介が尋ねた。

「会わないわ。一度だけの約束でしょう」

難しい顔を作って、わたしは言った。このまま、彼とずるずると会うことは、わたしの良心が許さなかった。

「そんなこと言わずに、また会ってよ」

またしても縋《すが》るような目で、慎之介がわたしを見つめた。

その目を見た瞬間、心がぐらぐらと揺れた。

「そうね……考えておくわ」

できるだけさりげなくわたしは言った。

「それじゃ、またＬＩＮＥするよ」

慎之介が笑顔で言うと、右目を軽く閉じてウィンクをした。

わたしはぎこちなく微笑んだけれど、胸が高鳴り始めたのがはっきりとわかった。

思い返してみれば、付き合っていた頃の慎之介は、しばしばわたしにウィンクをして見せたものだった。


改札口で慎之介と別れたわたしは、いつもの地下鉄に乗って自宅へと向かった。

すでに午後十時をまわったというのに、郊外へと向かう地下鉄の車内は帰宅するサラリーマンやOLで満員だった。そんな人々に挟まれるように立つと、わたしはぬるぬるとした吊り革に摑《つか》まり、目の前にある窓ガラスを見つめた。

少し汚れたその窓ガラスには、顔に濃密な化粧を施し、ミニ丈の洒落《しゃれ》たワンピースを身につけ、ネックレスやイヤリングを光らせたわたしが映っていた。

わたしって、こんなに綺麗《きれい》だったのか。

ぼんやりとそう思った。

地下鉄の車内では毎日のように、わたしは窓ガラスに映った自分を目にしている。けれど、今、そこに映っているのは、いつものわたしとはまったくの別人だった。

そう感じているのはわたしだけではないようだった。きょうのわたしはたくさんの視線を感じた。慎之介と一緒にいない時でさえ、絡みつくようないくつもの視線が自分に向けられているのを感じた。

窓ガラスに映った女の姿を見ていると、また懐かしさが込み上げてきた。昔のわたしに戻ったような気がしたのだ。

あの頃のわたしは慎之介に気に入られようと、毎朝、馬鹿馬鹿しくなるほど長い時間をかけて化粧をしていたものだった。

12

入浴を終えたわたしはベッドの中でスマートフォンを手に取った。

思った通り、そこにまた慎之介からのメッセージが届いていた。

『奈々ちゃん、今夜は本当に楽しかったよ。付き合ってくれて、ありがとう。それから、ご馳走《ちそう》になって、すみませんでした。次は僕が奢《おご》るからね』

それを読んでいるだけで、慎之介の無邪気な笑顔が目に浮かんだ。

わたしはすぐに慎之介に返信をしようとした。けれど、その前に電話がかかってきた。

電話の主はわたしの婚約者、飯島一博《こわば》だった。

その瞬間、意思とは無関係に全身が強張った。浮気の現場を押さえられたかのような気分だった。

すぐには電話に出られず、わたしは鳴り続けているスマートフォンを見つめていた。

今は一博とは話したくなかった。今は慎之介のことを考えていたかった。それでも、何度か深呼吸を繰り返してから、わたしはその電話に出た。

『奈々ちゃん、今、大丈夫かい？』

耳に押し当てたスマートフォンから婚約者の声が聞こえた。

「ええ。大丈夫よ」

わたしは努めて冷静な声を出した。

『なかなか電話に出ないから、眠ってたのかと思ってさ』

「うん。あの……お風呂《ふろ》から出たばかりだったの」

わたしはそんな嘘をついた。

『お風呂から出たばかりだということは……奈々ちゃんは今、裸なのかな？』

おどけたような口調で一博が言った。

「あの……素肌にバスローブよ」

わたしはまた嘘をついた。思い返してみれば、わたしは一博に嘘ばかりついているのだ。

『色っぽそうだなあ。見てみたいよ』

「いつだって見てるでしょう？」

わたしが言い、一博が『そうだな』と言って、屈託なく笑った。

その後の一博は次の日曜日に内覧に行くはずの、横浜のみなとみらい地区のタワーマンションの話をした。一博は横浜の一戸建てに住みたがっていたが、両親からマンションのほうが治安がいいし、庭の手入れなどの手間もかからなくていいと言われ、どうしようかと迷っているようだった。

『奈々ちゃんは、一戸建てとマンションではどっちがいいと思う?』

「いつも言ってるけど、わたしはどっちでもいいの」

『そうかあ。迷っちゃうなあ』

一博がまた屈託なく笑った。

「大学に入るまで、わたしは社宅暮らしだったし、住むところにこだわりはないの。カズさんがそばにいてくれれば、それでいいの」

わたしは言った。その瞬間、胸がずきんと痛むような気がした。

大丈夫。わたしはカズさんを裏切るようなことは何もしていない。これからもしない。

嬉《うれ》しそうに新居の話を続けている一博にほとんど機械的に相槌《あいづち》を打ちながら、わたしは心の中で自分にそう言い聞かせていた。

13

今夜は慎之介のことが頭から離れず、なかなか寝つけなかった。

眠れないままベッドの上で寝返りを繰り返していると、強烈な空腹感が湧き上がってきた。

それは本当に耐え難い空腹感で、わたしは何度もベッドを飛び出して冷蔵庫に駆け寄りそうになった。

けれど、わたしは必死でその衝動を抑えた。

空腹に耐えていると、また慎之介のことが頭に浮かんだ。

そう。わたしが摂食障害になったのは慎之介のせいなのだ。


そのきっかけは付き合い始めて半年と少しがすぎた晩秋のことだった。

あの日、体に張りつくようなワンピースを身につけてショップの試着室のカーテンを開けたわたしに、慎之介がこう言ったのだ。

「そういうワンピースは、もっと痩《や》せた人が着たら似合うんだろうな」

慎之介に悪気があったわけではないと思う。けれど、その言葉にわたしはひどく傷ついた。あからさまに『デブ』と言われたような気がした。

彼はわたしと一緒にいる時でも、痩せた女が通りかかるとまじまじと見つめた。見つめるだけではなく、「あの人、体の線が綺麗だなあ」とか、「細いなあ。モデルみたいだ」などとわたしに言った。

けれど、あの日までは、ダイエットをしようと考えたことはなかった。ダイエットなんていうものは、ナルシストがやる馬鹿馬鹿しいことだと思っていたのだ。

ナルシストに違いない妹の史奈は、中学生の頃からダイエットをしていた。わたしの母はナルシストには見えなかったが、口を開けば『少しは痩せなきゃ』と言って、毎日のようにダイエットをしていた。母や妹だけでなく、大学でも女子学生たちが盛んにダイエットについて話しているのを耳にしていた。そういう話を聞くたびに、わたしはいつも馬鹿馬鹿しいと思っていた。

当時のわたしは百六十三センチで五十キロだったから、あの頃も決して太っていたわけではなかったと思う。実際、何人かの女子学生から『平子さんはスタイルが良くていいなあ』と言われたこともあった。

けれど、慎之介の口から出たたった一言が、一瞬にしてわたしを変えた。

あの日、わたしは慎之介が『もっと痩せた人が着たら似合う』と言ったワンピースを購入した。そのワンピースが似合う女になろうと考えてのことだった。

その日から、わたしはダイエットを始めた。

努力家で自制心の強いわたしのダイエットは、母や妹がしているような半端なものではなく、極めて徹底的で、過酷なものだった。

ダイエットを始めた一ヶ月後には、体重は五キロも減って四十五キロになった。二ヶ月後には四十二キロになり、三ヶ月後には四十キロを切るようになった。

「平子さん、痩せたでしょう?」「具合でも悪いの?」「ダイエットをしているの?」

周りの女子学生や、ファミリーレストランの同僚のアルバイト店員たちからは、頻繁にそんな言葉をかけられた。

「平子さん、ちょっと痩せすぎじゃない？」

そんなことを言われたこともあった。

痩せすぎなのかもしれないとは、わたしも考えていた。体重が四十二キロを切ってからは、生理がこなくなっていたし、疲れやすかったり、風邪をひきやすかったりしたから。それまでには感じたことのなかった頭痛や、動悸《どうき》や息切れを覚えることも多くなっていた。寒さには強いはずだったのに、体重が激減してからのわたしは、絶えず寒さに悩まされていた。

けれど、痩せた女が好きな慎之介は、いつも「奈々ちゃん、スタイルがよくなったね。モデルみたいだ」と言って、とても嬉しそうな視線をわたしに向けた。

慎之介が喜んでいることが嬉しくて、わたしは過酷とも言えるダイエットを続けた。

四十キロを切る体重を維持しようとしたのだ。

慎之介と別れた時に、わたしはダイエットをやめようとした。もうダイエットをする理由がどこにもなくなったから。

けれど、ダイエットをやめることは簡単なことではなかった。

いつの間にか、わたしは食べられなくなっていたのだ。食べることに罪悪感を抱き、体重が増えることを恐ろしいと感じるようになってしまったのだ。

食べるのが怖い。太るのが怖い。

その気持ちは、慎之介と別れて四年近い歳月がすぎた今も続いている。

そう。わたしは今もなお、慎之介に支配されているのだ。
ああっ、彼は何て罪深い男なのだろう。

第三章

1

体の関係を持つようになってすぐに、慎之介はサディスティックな一面を剝《む》き出しにするようになった。

お茶目で剽軽《ひょうきん》で明るくて、いつもお洒落《しゃれ》な彼の外見からは想像することすらできなかったが、慎之介はかなりのサディストだった。

そう。慎之介は女をいじめるのが大好きなのだ。女を支配し、服従させ、自分の足元にひれ伏せさせることに性的快楽を覚える男なのだ。

あの頃の慎之介はレンタルしてきた猥褻《わいせつ》なビデオの数々を頻繁にわたしの部屋に持参し、自分と一緒に見るように強いた。

わたしはしかたなく彼と一緒にそれらを見たが、それは苦痛にほかならなかった。それらのビデオの多くが、女たちがひどい犯され方をしているものだったからだ。

慎之介はわたしにいかがわしいビデオを見させるだけでなく、そこで女たちがされているのと同じようなことを、このわたしにもさせようとした。

慎之介はアダルトショップにしばしば足を踏み入れていたようで、そんな店で買ってきた、いかがわしくておぞましい器具の数々を、わたしとの行為で実際に使いたがった。わたしは嫌だと言ったのだが、慎之介は言い出したらきかない男だった。

ある時、慎之介の手で裸にさせられたわたしの首に、彼は大型犬につけるような赤くて太い革製の首輪を嵌《は》めた。そして、その首輪に金属製の太い鎖を取りつけ、わたしに四つん這《ば》いの姿勢をとるように命じた。

「いやっ。そんなことできない。したくない」

床に蹲《うずくま》ったわたしは、むき出しの胸を押さえて強く拒んだ。

けれど、慎之介は許してくれなかった。

「奈々ちゃん、言われた通りにしなさい。四つん這いになりなさい」

鎖を握り締めた慎之介が、わたしを見下ろし冷酷に命じた。

わたしがもっと強く拒めば、慎之介は諦《あきら》めたのかもしれない。けれど、わたしはいつも、それほど強くは拒絶しなかった。

もしかしたら、心のどこかでは、彼の言いなりになりたがっていたのかもしれない。

いずれにしても、わたしは命じられるがまま床に四つん這いになった。すると、彼はわたしに繋《つな》いだ鉄の鎖を握り締め、犬を散歩させるかのように、わたしのことを引きまわし始めた。わたしが這うまいと抵抗すると、彼はさらに強く鎖を引っ張った。

あの頃、わたしの部屋には買ったばかりのドレッサーがあった。あの日、その鏡にフローリングの床を這っている、全裸のわたしが映っていた。

わたしが？

もちろん、鏡の中の女は、このわたしに違いなかった。けれど、どうしても、そうは見えなかった。鏡に映っていた女は、まさしく鎖に繋がれた奴隷だった。

裸で慎之介に引きまわされているあいだに、わたしの視界がぼやけ始めた。いつの間にか、涙で目が潤んでいたのだ。

あの日、犬に散歩をさせるかのように、わたしを引っ張って室内を歩きまわっただけでなく、慎之介は首輪を嵌められて四つん這いになっているわたしの姿をスマートフォンで撮影し始めた。

「写真はいやっ！　お願い」

わたしは涙を浮かべて訴えた。「慎之介、やめて。写真は嫌なの」

けれど、慎之介はやはり、その訴えを聞き入れず、首輪を嵌められ鎖に繋がれたわたしの撮影を続けた。

「奈々ちゃん、こっちを向いて。顔を逸《そ》らさず、ちゃんとこっちを見るんだよ」

撮影をしながら、慎之介はわたしにそんな命令を下した。

彼もまた全裸だったが、その股間《こかん》では巨大な男性器がいきり立っていた。

全裸で首輪を嵌められ、鉄の鎖に繋がれているだけでなく、その写真まで撮られていることに、わたしは凄《すさ》まじいまでの屈辱を覚えた。悔しさと惨めさのあまり、目からはぽろぽろと涙が溢《あふ》れ続けていた。

けれど、同時に、あの日のわたしは性的な高ぶりをも感じていた。どういうわけか、わたしの股間はどんどん潤んでいったのだ。

そうなのだ。スマートフォンからシャッター音が響くたびに、わたしの股間はどんどん潤んでいったのだ。

慎之介もそれを敏感に感じ取ったようだった。

彼は急にスマートフォンを投げ出すと、四つん這いになっていたわたしの背後に跪《ひざまず》いた。

「どうしたの？」

わたしは訊《き》いたが、彼が何をするつもりなのかはわかっていた。

わたしが予期した通り、慎之介は背後からわたしの中に男性器を深々と突き入れた。

そして、片方の手ではわたしの髪を乱暴に鷲摑《わしづか》みにし、もう片方の手ではわたしの尻《しり》を強く握り締めて、腰を前後に荒々しく打ち振った。

「あっ！　いやっ！　いやっ！　いやーっ！」

部屋の中にわたしの叫び声と、ふたりの肉がぶつかり合う鈍い音が絶え間なく響いた。

体の関係を持ったばかりの頃には、わたしはいつも必死で声を抑えようとしていた。浅ましくて、淫《みだ》らな声を聞かれるのが恥ずかしかったから。

けれど、あの頃にはもう、声を抑えようとはしなかった。

2

また別の日には、慎之介はナイロン製の太いロープを使って、裸にしたわたしを力ずくでベッドの四隅の柱に縛りつけた。

わたしは抗《あらが》ったけれど、やっぱり心のどこかでは慎之介に支配されたいと願っていたのだろう。すぐにわたしは脚と腕とをいっぱいに広げた極めて無防備な姿で、ベッドに仰向《あおむ》けに縛りつけられてしまった。

あの日、ロープで拘束され、ほとんど身動きできずにいるわたしの胸や股間を、慎之介は舌と指とを使って執拗《しつよう》に刺激した。

「いやっ！　慎之介、ロープを解《ほど》いてっ！　あっ、ダメっ！　いやっ！　あっ！　ダメーっ！」

そんな叫びをあげながら、わたしはしゃにむに身をよじった。

クリトリスと呼ばれる股間の小さな突起と、左右の乳首は、わたしの最大の性感帯で、そこに刺激を受けると頭の中が真っ白になってしまい、ほとんど何も考えられなくなってしまうのが常だった。

あの時、拘束されていることで、わたしは人格が崩壊してしまうほどの恥辱と屈辱とを覚えていた。けれど、どういうわけか、わたしはいつも以上に高ぶり、いつも以上に激しく乱れ、いつもよりずっと早く絶頂に達してしまった。

慎之介はいつも、わたしが絶頂に達するのを待ちかねたかのように男性器の挿入を始める。だから、あの日も彼がすぐに身を重ね合わせてくるのだろうと、わたしは思っていた。

けれど、それは違っていた。

あの日の慎之介はすぐには男性器の挿入を始めず、茫然《ぼうぜん》自失の状態に陥って朦朧《もうろう》となっているわたしの股間を、どこからともなく取り出した合成樹脂製の巨大な擬似男性器でいやらしく撫《な》でまわし始めたのだ。

そのグロテスクな器具を実際に目にしたのは、あの日が初めてだった。けれど、慎之介に無理やり見させられているアダルトビデオでは何度となく目にしていたから、それが何のために作られた器具なのかはわかっていた。

「いやっ！　やめて、慎之介っ！　いやっ！　いやっ！　いやーっ！」

絶頂の余韻に浸る間もなく、わたしは再び身をよじって抵抗した。けれど、手足を拘束されていたわたしにできたのは、腰を浮かせたり、体を反らせたりすることだけだった。

激しく身悶《みもだ》えしたために、手首と足首に硬いロープが深々と食い込んだ。あとで見てみたら、わたしの手首と足首は真っ赤になって、うっすらと血が滲《にじ》んでいた。

あの日、そのおぞましい器具でわたしの股間をさんざん撫でまわしてから、慎之介が毒々しい色をしたグロテスクなそれを……男性器を模した極めておぞましいその器具を……わたしの中にゆっくりと挿入し始めた。

「やめて、慎之介っ！　お願いっ！　お願いだから、それだけはやめてーっ！」

わたしは必死でお腹に力を入れ、そのおぞましい器具を押し出そうとした。けれど、それはうまくいかず、合成樹脂製の擬似男性器はわたしの中にどんどん深く入り込んでいった。

わたしの真上にあった慎之介の顔は欲望に歪《ゆが》んでいた。性欲に取り憑《つ》かれたその顔は、お茶目で剽軽《ひょうきん》ないつもの彼とはまったくの別人だった。

ヴァイブレーターとも呼ばれる巨大な器具がわたしの中に完全に埋没すると、彼がそのスイッチを操作した。

その瞬間、わたしの股間に突き立てられた毒々しい色の器具が、まるで生きているかのように身をくねらせながら、わたしに細かい振動を伝えてきた。

「あっ！　ダメっ！　いやっ！　やめてっ！　あっ、いやっ！　いやーっ！」

わたしはまたしても腰を上下に打ち振って喘《あえ》ぎ悶《もだ》えた。

いつの間にか、わたしの全身は噴き出した汗にまみれ、オイルを塗り込めたかのようにてらてらと光っていた。

鎖に繋がれた時と同じように、あの時もわたしは、頭がおかしくなってしまうほどの屈辱を感じていた。けれど、首輪を嵌《は》められて犯された時と同じように、あの時もわたしはひどく高ぶっていた。

そう。極めてグロテスクで、おぞましいその器具からの刺激を受けたことによって、あの日のわたしはたちまちにして二度目の性的絶頂に達したのだ。

わたしはマゾヒストなの？　いじめられるのが嬉《うれ》しいの？

わたしは自問した。

それはにわかには認め難いことではあった。だが、やはりわたしには、マゾヒスティックな一面があるのかもしれなかった。


性的な好奇心が極めて旺盛《おうせい》な慎之介は、それからもアダルトショップでいろいろなものを買ってきては、わたしを相手にそれを試した。

ベッドに全裸で拘束されて、体のいたるところに溶けた蠟《ろう》の雫《しずく》を滴らされたこともあった。やはりベッドにロープで拘束されて、SM行為用に作られたという鞭《むち》で彼に打ち据えられたこともあった。

そのたびに、わたしは言葉にできないほど激しい屈辱を感じ、悔し涙を絶え間なく流した。

けれど同時に、心のどこかでは、わたしはそれを待っていたのだろう。新たな器具を使っての新たな行為はとても新鮮で、わたしはいつも強い性的快楽を覚えたものだった。

より強い恥辱と屈辱は、いつもより強い快楽を連れてくる。当時のわたしは、それをはっきりと知っていた。きっと慎之介もそう感じていたのだろう。

そういう意味では、慎之介とわたしはセックスの相性がよかったのかもしれない。

「ねえ、奈々ちゃん、お尻の穴に入れさせてもらえないかな?」

慎之介がそんなことを言い出したのは、付き合い始めて半年も経たない時だった。

そう。わずか半年足らずのあいだに、生真面目な優等生だったわたしは……しっかり者で、努力家で、勉強熱心で、意志が強くて、性的なことになどまったく関心がなかった、このわたしは……三つ近く年下の男の性の奴隷にさせられてしまったのだ。

いつか彼が肛門《こうもん》での性交を求めてくるのではないかとは、わたしは以前から予想していた。彼はアナルセックスにかなり前から興味があったようで、あの頃は実に頻繁に、わたしの肛門に擬似男性器を挿入していた。自分の性器を受け入れられるように、わたしの肛門を広げようとしていたのだ。

最初の頃、彼が肛門に押し込んできた擬似男性器は、それほど太くないものだった。けれど、彼は次々に太いものを挿入するようになり、あの頃のわたしは自分の手首より遥《はる》かに太いそれを、肛門で受け入れることができるようになっていた。

「お尻の穴に?」

「うん。いいよね」

彼が言い、わたしは困ったような顔をしてみせた。けれど、本当は困ってなどいなかった。それどころか、今すぐにでも彼の性器を肛門で受け入れたいとさえ望んでいた。

3

あの日、慎之介が行為を始める前に、わたしはトイレに入った。そして、彼が用意した浣腸《かんちょう》液を使って何度も浣腸を繰り返した。彼がそうするように命じたからだ。

わたしはこんなところで、いったい何をしているのだろう？　若くて貴重なこの時間を、こんな馬鹿なことに費やしていていいのだろうか？

浣腸を繰り返しながら、わたしはそんなことを考えた。半年前のわたしが今のわたしを見たら、呆《あき》れ返ってものも言えないのではないだろうかとも思った。

奈々、あんたどうしちゃったの？　あんな男の性の奴隷になるために、わざわざ東京の大学に進学したっていうの？

わたしの中に残っている冷静な部分が、わたしに執拗に語りかけた。

けれど、それ以上には考えず、数度の浣腸を終えてトイレを出た。

「奈々ちゃん、裸になって」

トイレから出てきたわたしに慎之介が命じた。

わたしは三つ近く年下の男に命じられるがまま、着ていたものを脱ぎ捨て、ブラジャーを外し、エロティックなデザインの小さなショーツを脱いだ。

まだ幼かった頃から、わたしは人に命令されるのが大嫌いだった。けれど、あの頃のわたしは屈辱感を覚えながらも、慎之介の命令にたいていは従順に従っていた。

全裸になったわたしに、慎之介がさらなる命を下した。

「それじゃあ、奈々ちゃん、ベッドの上で四つん這《ば》いになって」

わたしはまたその命令に素直に従い、ベッドの上に両肘《りょうひじ》と両膝《りょうひざ》を突き、背中をわずかに反らした四つん這いの姿勢をとった。

そんなわたしを慎之介が欲望に満ちた目で見つめた。彼はその手に潤滑ローションの入った小瓶を手にしていた。

「奈々ちゃん、色っぽいよ。何だか、見るたびに色っぽくなってくみたいな気がする」

少し上ずった声で慎之介が言った。

あの頃のわたしはまだダイエットを始めていなかった。それにもかかわらず、わたしの体つきは半年前とは大きく変わっていた。鏡に映った自分の体を見るたびに、わたし自身がそれをはっきりと感じていた。

ウエストはもともと太いほうではなかったけれど、あの頃には自分でも驚くほど細くくびれていた。体が引き締まり、肩には鎖骨が浮き上がり、脇腹の肋骨《ろっこつ》はその一本一本がはっきりと見えるほどになっていた。いつも彼に荒々しく吸われている乳首は、ふたまわりほども大きくなり、色も少し黒っぽくなっていた。

すぐに慎之介がわたしの尻に手を伸ばし、肛門に潤滑ローションを塗り始めた。

肛門に触れられることを恥ずかしいとは感じなかった。あの頃のわたしは、彼にもっと恥ずかしいことをたくさんされていたから、多少のことでは動じなくなっていたのだ。

それでも、慎之介が肛門に指を差し込んだ時には、思わず「あっ」という声が出た。

あの日、慎之介は肛門に何度も指を深々と押し込み、直腸の内側にも潤滑ローションをたっぷりと塗った。その後は、そのローションを自分の性器にも塗っていた。彼の性器はすでに荒々しいほどに硬直していた。

部屋の片隅にあったドレッサーに、ベッドの脇に立った全裸の慎之介と、ベッドに四つん這いになっている全裸のわたしが映っていた。極めて無防備なその女の姿を、わたしはじっと見つめた。見つめずにはいられなかった。

わたしと自分にローションを塗り終わると、慎之介がベッドに上がり、わたしの背後に跪《ひざまず》いた。そして、いきり立った男性器をわたしの肛門に押し当て、わたしの尻を引き寄せながら、自分はゆっくりと腰を突き出し始めた。

激痛が襲いかかってくるに違いない。わたしはそう思っていた。それに耐える覚悟もしていた。

けれど、予想していたほどの痛みがないまま、慎之介の性器は肛門を易々と押し広げ、わたしの中にずぶずぶと沈み込み始めた。

「あっ……うっ……ああっ、いやっ！」

マニキュアに彩られた細い指で、わたしは破れてしまうほど強くシーツを握り締めた。あの頃のわたしはたいてい、慎之介が好きな白やシルバーのエナメルを手足の爪に塗り重ねていた。だからきっと、あの日のわたしの爪もそんな色に彩られていたのだろう。

慎之介が無言のまま男性器の挿入を続けた。硬直した男性器が直腸の壁を強く擦《こす》りながら、ずずずっ、ずずずっと入ってくるのが感じられた。

肛門に男性器の挿入を受けながら、わたしはさらに強くシーツを握り締めた。意思とは無関係に、腕が震え、脚が震え、体全体が震えた。

「入ったよ、奈々ちゃん。根元まで入った」

やがて背後から慎之介の声が聞こえた。

わたしは無言で頷《うなず》くと、顔を上げてドレッサーを見つめた。

ああっ、肛門を犯されている。あんなに真面目で、あんなに努力家で、あんなにしっかり者だったこのわたしが……今、年下の男に肛門を犯されているんだ。

鏡に映った慎之介と自分を見つめ、わたしはそう考えて高ぶった。

肛門を犯されて感じることなどあり得ない。わたしはそう考えていた。

けれど、それは違っていた。肛門での性交は普通のセックスと同じぐらいの快楽をわたしの元に運んできたのだ。

「ああっ！　慎之介っ！　いやっ！　あっ！　あっ、ダメっ！　あっ！　あああーっ！」

伸ばした爪が折れるほど強くシーツを握り締め、そのシーツに額を擦りつけたり、頭上を振り仰いだりして、わたしは我を忘れて夢中で喘《あえ》いだ。

あの日、わたしの直腸の中に体液を注ぎ入れたあとで、肛門から引き抜かれたばかりの男性器を口に含むように慎之介が命じた。

目の前に突き出された男性器から、思わずわたしは顔を逸《そ》らせた。ほんの少し前までわたしの直腸に挿入されていたそれからは、不気味なにおいが強く立ち上っていた。

「いやっ……慎之介……お願い……それだけは許して……」

わたしは必死で懇願した。排便のための器官に挿入されていたものを口に入れるなど、考えることさえおぞましかった。

「奈々ちゃん、咥《くわ》えるんだ。愛の証《あかし》だよ」

仁王立ちの姿勢でわたしの髪を鷲摑《わしづか》みにした慎之介が、冷酷な口調で命じた。

彼は本当にサディスティックな男で、いつも無理な命令をわたしに下し、それに従わせようとした。おそらく、わたしを無理やり従わせることで、『支配したい』『服従させたい』『足元にひれ伏せさせたい』という彼の欲望が満たされたのだろう。

「いや。できないわ……許して、慎之介……ほかのことだったら、どんなことでもする。だから、それだけは勘弁して」

「奈々ちゃん、またほっぺたを打《ぶ》たれたいのかい？」

「いやっ……打たないで……」

「だったら、言われた通りにしなさい」

わたしは憎しみを込めて彼を見上げた。あの日もその目には悔し涙が浮かんでいた。対等な人間同士だというのに……いや、わたしは目上の人間だというのに……そのわたしを奴隷のように扱おうとしている慎之介が憎かった。憎くてたまらなかった。

けれど同時に、あの日もわたしは強い性的な高ぶりを感じていた。

あの日、わたしは恥辱と屈辱に身を震わせながらも、自分の肛門《こうもん》から引き抜かれたばかりの男性器を口に含んだ。

「いい子だ。奈々ちゃん、いい子だ」

満足そうに呟《つぶや》きながら、慎之介がわたしの頭を撫《な》でた。

いつものオーラルセックスの時と同じように、髪を鷲掴みにした慎之介がわたしの顔をゆっくりと前後に振らせ始めた。

閉じた目から涙が流れ、閉じきらない肛門から慎之介の体液が溢《あふ》れ出るのがわかった。

4

会うのは一度だけという約束を完全に無視して、慎之介は『奈々ちゃん、次はいつ会えるの？』というメッセージを執拗《しつよう》に送りつけてきた。二度と会ってはならないとはわかっていた。わたしには飯島一博という婚約者がいるのだ。十月にわたしは彼の妻になるのだ。

そんなわたしがかつての恋人と密会することは、一博への裏切り行為にほかならなかった。たとえ体の関係を持たないとしても、それは完全な不倫だった。

不倫をするような人々に、わたしは嫌悪感を抱いていた。だから、慎之介からメッセージが届くたびに『もう会えない』と返信をしていた。

今週は忙しい日が続いて、わたしは連日、帰宅するのが深夜になってしまった。こんなことは珍しいことだった。

深夜まで働くのは肉体的には辛《つら》かった。だが、そのことにわたしはホッとしてもいた。もし、連日の残業がなければ、わたしは慎之介の求めに応じて、のこのこと彼に会いに行ってしまうかもしれなかった。

わたしは自分が思っていたほどには、意志が強くないようだった。

断られても断られても慎之介は諦《あきら》めず、一日に何度もメッセージを送信してきた。

その着信を拒否することは簡単なことだった。けれど、わたしはその簡単な操作を行わなかった。もし、着信を拒否したら、彼との繋《つな》がりが完全に断ち切られてしまいそうな気がしたから。

そう。わたしの中には慎之介に対する未練が残っていたのだ。

『奈々ちゃん、もう一度だけ会ってよ。もう一度だけでいいんだ。もう一度だけ会ってくれたら、奈々ちゃんのことは諦める。今度は本当に諦める。約束する。だから、もう一度だけ会ってください』

金曜日の晩には慎之介がそんなメッセージを送ってきて、わたしはしかたなく、翌日の土曜日の夕方に、渋谷で彼と再び会うことに同意した。

『いいんだね？　奈々ちゃん、また会ってくれるんだね？　やったー!!』

すぐに慎之介がそんなメッセージを送ってきた。

『でも、これが本当に最後よ。それだけは約束してね』

そのメッセージを受け取った直後に、わたしは彼にそう送信した。

『うん。約束するよ。奈々ちゃん、ありがとう!!』

また慎之介がメッセージを送信してきた。

何気なくすぐ脇の窓に目を向けると、そこにわたしが映っていた。

窓ガラスに映ったわたしの顔には笑みが浮かんでいた。

何を喜んでいるの？　あんた、自分がしていることがわかっているの？

窓ガラスに映った女の顔を見つめて、わたしは自分に問いかけた。これは一博に対する明らかな裏切りだった。

けれど、窓ガラスに映った女は笑うのをやめなかった。

5

慎之介と会う約束の土曜日の夕方、わたしはふだん身につけないようなセクシーなブラジャーとショーツをつけ、白いノースリーブのワンピースをまとった。裾《すそ》が極端に短くて、体に張りつくようなフェミニンなデザインのワンピースで、付き合っている頃に慎之介がショップで選んでくれたものだった。

慎之介好みのセクシーな下着を選んだことに、特別な意味があったわけではない。ただ、フェミニンなデザインのワンピースを着る時には、そういう下着のほうが合っているような気がしたから……というだけのことだった。

その後は洗面所の鏡の前に立って、長い時間をかけて入念な化粧を施した。そして、髪を丁寧に整え、いくつもの派手なアクセサリーを身につけ、白いエナメルのパンプスを履いて渋谷へと向かった。とても踵《かかと》の高いそのパンプスもまた、かつて慎之介がショップで選んでくれたものだった。

ふと気がつくと、わたしは鼻歌を口ずさんでいた。浮き立つような気持ちを抑えることができなかった。

渋谷に着いた時には、辺りはまだ充分に明るかった。土曜日だということもあって、ハチ公像の周辺は待ち合わせをする人々でごった返していた。

夕方になっても気温が高くて、待ち合わせをしている人たちはみんなとても暑そうな顔をしていた。うちわや扇子を使っている人もいたし、ハンカチで汗を押さえている女も少なくなかった。けれど、きょうのわたしは薄着で、腕や脚を剝《む》き出しにしていたから、電車に乗っているあいだずっと凍えていた。

慎之介との待ち合わせ場所は、先日と同じカフェだった。その店に向かう前に、わたしは化粧直しをするために駅前にある大きなホテルのトイレに入った。

明るく清潔で広々としたトイレで目の縁のアイラインを引き直し、淡いピンクのリップルージュを塗り重ねていると、派手なミニ丈のワンピースを身につけた若い女が入ってきて、わたしのすぐ脇の洗面台の前に立った。まだ二十代前半のほっそりとした女で、気の強そうなその顔には毒々しいほどの化粧が施されていた。

洗面台の上の鏡に向かって化粧を直しながら、わたしはその女を盗み見た。

女はすぐにバッグからブラシを取り出し、明るい栗色に染めた長い髪を梳《と》かし始めた。その後は、鏡に顔を近づけ、マスカラを塗り重ねたり、ファンデーションを塗り直したりしていた。長く伸ばした女の爪には、極めて派手なジェルネイルが施されていた。

たくさんのアクセサリーに彩られた華奢《きゃしゃ》な女の体からは、ラベンダーの花を思わせるような香りが立ち上っていた。薄いストッキングに包まれた二本の脚は、とても長くて、ほっそりとしていた。

そして、わたしは昔のことを思い出した。その女の姿が、キャバクラで働いていた頃の自分に重なって見えたのだ。


キャバクラで働き始めたきっかけは、ファミリーレストランの同僚だった三宅由美香《みやけゆみか》という女に誘われたからだった。わたしと同じ二十一歳の三宅由美香は、ファミリーレストランを辞めてキャバクラで働くつもりのようだった。

「平子さんも一緒に働かない？　こんなところで働いてるよりずっとお給料がいいんだよ」

三宅由美香がそう言ってわたしを誘った。

「キャバクラなんて、わたしには無理よ」

わたしは尻込《しりご》みした。あの頃のわたしは水商売の女たちのことを、男に媚《こ》びる仕事をしていると決めつけていて、そんな仕事には決してかかわりたくないと考えていたのだ。

「無理じゃないよ。お給料がいいだけじゃなく、仕事も楽なんだよ。お客の隣に座って、笑顔で相槌《あいづち》を打ってるだけでいいんだから」

三宅由美香は執拗にわたしを誘った。

「確かに、そうなのかもしれないけど……でも、やっぱり、わたしには無理よ」

「わたしもキャバクラなんて初めてだから、実は少し心細いんだけど……でも、平子さんみたいにしっかりした子が一緒だったら、すごく心強いな」

　三宅由美香はいわゆるフリーターで、都立高校を卒業後は洋服屋やアクセサリー店の販売員や、カフェや居酒屋のウェイトレスなどのアルバイトを転々としていた。彼女は美人ではなかったけれど、同僚の女たちの中ではいちばん化粧が濃く、私服もいちばん派手だった。

「でも、わたしには酔っ払いの相手なんかできないわ」

　なおもわたしは尻込みした。

「できなくなんかないよ。平子さんはすごく綺麗《きれい》だし、脚が長くてスタイルもいいから、キャバクラではすごく稼げるに決まってるよ」

「綺麗じゃないよ。スタイルも良くないし……」

「そんなことない。平子さんは綺麗だよ。スタイルもすごくいい。だから、もしかしたら、今の三倍も四倍も稼げるかもしれないよ」

　その言葉に、わたしの心がぐらりと動いた。慎之介と付き合うのにはとてもお金がかかったから、高額だというキャバクラの報酬は魅力的だった。

6

結局、わたしは三宅由美香に押し切られるようにして、彼女が来週から働くという渋谷のキャバクラに面接に行った。面接で断られれば、三宅由美香も諦めてくれるだろうと考えたのだ。

チャラチャラとしている妹の史奈とは違い、わたしは男好きのするタイプではなかった。だから、きっと不採用になるはずだと考えていた。

けれど、それは違っていた。面接をした二十代後半の店長がその場で、「それで平子さん、いつから働いてくれるの？」と言ったのだ。

「えっ、採用してくれるんですか？」

驚いてわたしは訊《き》いた。

「もちろん、採用だよ」

満面の笑みを浮かべて店長が言った。「平子さんみたいに綺麗で色っぽい女の子は、きっと人気になるよ」

色っぽい？

その言葉は意外だった。それまでそんなことを言われたことは一度もなかった。

面接を終えるとすぐに、わたしは慎之介に電話をした。もし、彼が反対したなら、店長には断ろうと考えていた。

けれど、慎之介は反対するどころか、諸手《もろて》を挙げて賛成した。

『僕もそのキャバクラに客として行って、奈々ちゃんにお酒を作ってもらいたいな』

スマートフォンから聞こえた声に、わたしは耳を疑った。

「慎之介、本当にいいの？　わたしが客の男たちにエッチな目で見られてもいいの？」

わたしは言った。わたしが男だったら、絶対に反対するはずだった。

『僕は構わないよ。奈々ちゃんがエッチな目で見られたからっていって、どうなるものじゃないからね』

平然とした口調で慎之介が言った。

「客の男にお尻《しり》を触られたり、肩を抱かれたりするかもしれないのよ。もしかしたら、あの……無理やりキスをされたりするかもしれないのよ。慎之介はそれでもいいの？」

わたしはさらに言った。できることなら、慎之介に働くなと言ってもらいたかった。

『触られたり、肩を抱かれたりするぐらい、いいじゃないか。触られたからって、減るもんじゃないしさ』

やはり平然と慎之介が言った。

わたしはその言葉に強いショックを覚えた。怒りがこみ上げるのも感じた。

けれど、わたしはそれ以上言い返さず、渋谷のキャバクラで働くことに決めた。

キャバクラでのわたしは濃密な化粧を施し、極端に裾の短いワンピースとたくさんのアクセサリーを身につけ、香水の甘い香りを強く立ち上らせ、立っていることさえ難しいほど踵の高いパンプスを履いた。そして、男たちの隣に座り、彼らのつまらない話に頷《うなず》いたり、水割りを作ったり、彼らのグラスにビールを注ぎ入れたりした。

客の年齢はさまざまだったが、キャバクラ嬢たちはみんな若かった。一緒に働いている女たちの多くが、わたしと同い年か、少し年下だった。年を偽って勤務している十七歳の少女もいた。わたしより年上の女はひとりかふたりしかいなかった。

彼女たちは客である男たちに、あからさまな媚《こび》を売っていた。一緒に働き始めた三宅由美香もそうだった。

けれど、わたしはできるだけ毅然《きぜん》とした態度を取ろうとした。笑いたくない時には笑わなかったし、思ってもいないお世辞を口にすることもしなかった。

店長からは客が煙草を咥《くわ》えたらすぐに火を点《つ》けるように言われていたが、わたしはそうしなかった。客に媚びて、高額な飲み物を注文させるようなこともしなかったし、帰ろうとする客を引き止めることもしなかった。

店でのわたしはいつも、胸から上の部分が剝き出しになったワンピースやドレスを身につけていた。太腿《ふともも》の付け根近くまでがあらわになったワンピースやドレスだった。

そんなわたしの太腿に触ったり、肩を抱こうとしたりする客も時にはいた。そういう時には、わたしは怒りに顔を歪《ゆが》めて客の手を払いのけ、「やめてくださいっ！」と唾《つば》を飛ばして怒鳴った。

わたしなんか、きっとすぐにクビになるだろう。

働き始めてすぐに、わたしはそう思った。自分には客商売がまったく向いていないと思ったのだ。

けれど、意外なことに、わたしを目当てに店を訪れる客は少なくなかった。

よくわからないが、世の中にはわたしみたいな怖い女が好きだという男たちが存在しているようだった。

店でのわたしはユカリと名乗っていた。最初の頃、わたしは週に三日だけキャバクラで働いていた。けれど、店長に強く請われ、すぐに週に四日の勤務になり、やがては五日間もキャバクラで働くようになった。店長に「ユカリさん、どうしても」と懇願されて、週に六日も男たちの隣に座って酒の相手を務めたこともあった。

三宅由美香が言った通り、キャバクラでの勤務はファミリーレストランとは比べ物にならないほどの報酬をわたしにもたらした。それをいちばん喜んだのは、わたしに寄生している慎之介だった。

キャバクラで稼いだお金の多くを、あの頃のわたしは慎之介のために使っていた。彼にせびられて小遣いを渡すことも頻繁にあった。

7

ホテルを出ると、渋谷の街には夕ぐれの気配が漂い始めていた。大都会の真ん中だというのに、蝉の声がどこからともなく聞こえた。ねぐらに戻る小鳥たちの姿も見えた。

待ち合わせ場所のカフェに着いた時のわたしは、キャバクラに勤務していた頃のことを思い出して、かなり苛立《いらだ》った気分になっていた。あの頃のわたしは慎之介にさんざん尽くしたというのに、その後に彼がしたことは決して許せるものではなかったからだ。

やっぱり、これで終わりにしよう。今夜こそ、慎之介にちゃんとお別れを言おう。

店に入る前に、わたしはそう心に決めた。そして、先日、ここに来た時と同じように、あえて難しい顔を作って混雑した店内に足を踏み入れた。

カフェではすでに慎之介がわたしを待っていた。

わたしを見つけた慎之介が、とても嬉《うれ》しそうな顔をした。それは本当に無邪気で、本当に可愛らしい顔だった。

その顔を目にした瞬間、わたしの中にあった苛立ちが嘘のように消えた。

「奈々ちゃんっ！　こっち、こっち！」

先日と同じように、椅子から勢いよく立ち上がった慎之介が大声を上げ、わたしに向かって大きく手を振った。それはまるで、小学生の男の子のようだった。

その様子があまりにも健気《けなげ》で、わたしは思わず微笑みそうになった。けれど、微笑むことはせず、難しい顔をしたまま慎之介に歩み寄った。

テーブルに紅茶を運んできたウェイトレスが立ち去るとすぐに、慎之介がわたしの目を凝視するかのように見つめた。

「どうしたの、慎之介？　お化粧の仕方がおかしい？」

指先で顔に触れながらわたしは尋ねた。恋人として付き合っていた頃の慎之介は、わたしの化粧の仕方にいろいろと文句をつけたものだったから。

「いや、実は、あれからいろいろと考えたんだけどさ……」

難しい顔をした慎之介が、少し言いにくそうに言った。

「何を考えたの？」

わたしは笑顔で訊いた。けれど、次に慎之介の口から出た言葉を耳にした瞬間、その笑顔が凍りついた。

「奈々ちゃん、あの……結婚するのをやめてもらえないかな？」

「結婚するのをやめる？」

驚きのあまり、わたしはおうむ返しに訊き返した。

「うん。あの……カズさんっていう人との婚約を……破棄してもらえないかな？」

やはりとても言いにくそうに、慎之介がそう口にした。

わたしは無言で慎之介の顔を見つめた。とっさに言葉が出てこなかった。

「あの……奈々ちゃん、僕の言うことがわかるよね？　僕は奈々ちゃんに、その人と結婚するのをやめてもらいたいんだよ。婚約を破棄してもらいたいんだよ」

身を乗り出すようにして慎之介が言った。

気持ちを落ち着かせようと、わたしは深呼吸を繰り返した。そして、彼を真っすぐに見つめ返し、呆《あき》れたような口調で言った。

「何を言ってるの？　慎之介、あんた、自分が口にしていることがわかってるの？」

「僕には奈々ちゃんが必要なんだ。奈々ちゃんに、そばにいてもらいたいんだ」

「そんなことを言われても……」

「奈々ちゃんと別れて初めて、自分がどれほど奈々ちゃんを好きだったかに気づいたんだ。奈々ちゃんがどれほど素晴らしい人だったか、いなくなって初めてわかったんだよ」

縋《すが》るような目でわたしを見つめて慎之介が言った。

その言葉に心がひどく揺れた。自分が激しく動揺していることが、わたしにもはっきりと感じられた。

「馬鹿なことを言わないで。わたしは十月に結婚するのよ。十月には飯島奈々になるのよ」

慎之介の顔から視線を逸《そ》らしてわたしは言った。

そう。慎之介の顔を見つめ続けているのは、あまりにも危険だった。彼に見つめられると、わたしは催眠術にかけられたようになってしまうのだ。

「だから、その結婚をやめてほしいんだ。その人とは結婚せず、僕のお嫁さんになってほしいんだよ」

目を背けているわたしに向かって、慎之介が言葉を続けた。ふざけてばかりの慎之介が言っているとは思えないほどに、その口調は真剣だった。彼にはっきりと結婚を申し込まれたのは、もしかしたらそれが初めてかもしれなかった。

「お願いだよ、奈々ちゃん。その人との婚約を破棄してよ。その人と結婚するのをやめて、僕の奥さんになってよ。僕には奈々ちゃんしかいないんだよ」

黙っているわたしに、彼がさらに言葉を続けた。その言葉のひとつひとつが、またわたしの心を激しく揺さぶった。

気分を落ち着かせるために、わたしは再び深呼吸を繰り返した。その後は、テーブルの上のカップを手に取り、冷め始めているそれを何口か啜《すす》った。

落ち着くのよ、奈々。慎之介は口先だけの男なのよ。こんなちゃらんぽらんな男に言いくるめられちゃダメよ。

紅茶を啜りながら、わたしは必死で自分に言い聞かせた。

そして、わたしは思い出そうとした。四年近く前、彼に突如として別れを告げられた時に、自分がどれほど傷つき、どれほど彼を憎んだか……これまでは忘れようとしていたそのことを、今はあえて思い出そうとした。

わたしは紅茶のカップをテーブルに置いた。そして、ゆっくりと慎之介の顔に視線を戻し、意識的にゆっくりと言葉を口にした。

「慎之介、あんた、あの時、自分がわたしにどんなひどいことをしたかわかっているの？　わたしがどれほど傷ついたか、ちらりとでも考えたことがあるの？」

できるだけ冷たい口調でわたしは言った。

「それを言われると、言い返す言葉が見つからないよ。あの時は本当に奈々ちゃんにひどいことをしたと思ってる。許せないとは思うけど、奈々ちゃん、あの時はごめん」

慎之介が申し訳なさそうな顔をしてわたしを見つめた。

怒らなければならないはずだった。けれど、泣き出しそうな慎之介の顔を見ていると、怒りを持続することは難しかった。

そして、わたしはあの時のことを思い出した。あの頃もずっとこうだったのだ。本当は怒るべきだったのに、わたしはいつだって怒ることができなかったのだ。

わたしがキャバクラで働き始めたのは、法学部の三年生だった冬の初めのことだった。

慎之介が毎日のようにやって来て、部屋に入り浸っているので、あの頃のわたしは勉強に身が入らなかった。キャバクラで深夜まで働いていたから、朝が辛《つら》くて大事な講義を欠席してしまうことも少なくなかった。

そんなこともあって、わたしの成績は下降の一途をたどった。大切な単位を落としてしまうこともあった。

そうこうするうちに月日が流れ、あっという間に卒業が近づいて来た。

わたしは就職活動を始めたけれど、それらの試験には次々と落ちてしまった。絶対に合格したかった法科大学院の試験にも落ちてしまい、わたしは弁護士や裁判官になるという昔からの夢を諦《あきら》めざるを得なかった。

そのことに、わたしはひどく落胆した。目の前が真っ暗になったような気分だった。

そんなわたしを、慎之介が優しく慰めてくれた。

「奈々ちゃん、ごめんね。僕が奈々ちゃんの人生をめちゃくちゃにしちゃったんだよ」

俯《うつむ》いているわたしの顔を覗《のぞ》き込むようにして慎之介が言った。

確かに、その通りだった。彼がわたしの人生をめちゃくちゃにしてくれたのだ。彼さえ現れなければ、わたしはたぶん法科大学院の試験に合格していたのだ。

けれど、あの頃のわたしは『慎之介がいなければ』とは考えなかった。

「いいのよ。気にしないで。慎之介と出会えたことは後悔していない。わたしは慎之介がそばにいてくれれば、どうなってもいいのよ」

あの日、わたしはそう言って微笑んだ。心からそう思っていたのだ。

結局、希望した企業の試験にはすべて落ちてしまい、わたしは名もない零細企業に事務員として就職することになった。

その会社は給料がとても安かった。それでしかたなく、今までの生活水準を維持するために、わたしは就職してからもキャバクラでの勤務を続けた。

あの頃のわたしは慣れない会社で事務仕事をし、その後はキャバクラで深夜まで働いた。睡眠時間はいつも三時間か四時間ほどだったから、いつも眠たくてたまらなかった。

もうダメだ。このままじゃ、死んじゃう。

そう思ったわたしは就職したばかりの会社を辞めた。そして、その後はキャバクラで週に六日、時には一週間通して働き続けた。

わたしがくたくたになっているにもかかわらず、慎之介は相変わらず、わたしの部屋に入り浸っていた。そして、自分は欲望の赴くままに、わたしの体をもてあそんだ。

8

カフェを出ると、慎之介がわたしを居酒屋に誘った。

「奈々ちゃん、今夜はまだ早いよ。一杯か二杯でいいから、付き合ってよ」

わたしの手を握り締めた慎之介が、甘えたような目でわたしを見つめて言った。

カフェを出るとすぐに、彼は何の断りもなしにわたしの手を握り締めていた。わたしは少し驚いたけれど、その手を払いのけようとはしなかった。

「一杯か二杯だけ。ねっ、いいよね？」

慎之介がなおも誘い、わたしは思わず頷《うなず》いてしまいそうになった。心の片隅ではわたしも、もっと彼と話をしていたいと感じていたから。

けれど、頷くわけにはいかなかった。そこまで愚かな女になるわけにはいかなかった。

「今夜はダメなの。あの……用事があるのよ」

わたしはとっさに嘘をついた。

「用事って、カズさんと会うの？」

少し鋭い目つきになった慎之介が訊《き》いた。

「あの……実は、そうなの。これから、あの人と会う約束なの」

わたしはまた嘘をついた。

その瞬間、慎之介がとても悔しそうな顔をした。そんな彼の顔を見たのは初めてで、わたしにはそれが少し嬉《うれ》しかった。

そう。慎之介はやきもちを焼いているのだ。

付き合っていた頃のわたしはいつも慎之介にやきもちを焼いていた。だから、今夜は彼を逆の立場にさせたことが何となく愉快だった。

けれど、慎之介は簡単には引き下がらなかった。彼はわたしに、次に会う約束をさせようとしたのだ。

「そんな約束、できないわ。もう会わない約束でしょ?」

「嫌だよ、奈々ちゃん。奈々ちゃんと二度と会えないなんて、そんなの絶対に嫌だ」

聞き分けのない子供のような口調で慎之介が言った。それはまさに『駄々をこねている』という感じだった。「また会うって言ってよ。そうしたら、今夜は真っすぐに帰るよ」

「もし、もう二度と会わないって言ったら?」

「そうしたら、帰さない。絶対に帰らせない」

わたしの手をさらに強く握り締めた慎之介が地団駄を踏みながら言った。

「困った人ねえ」

わたしは言った。顔に苦笑いが浮かぶのがわかった。

結局、わたしは慎之介に押し切られ、来週半ばにまた会う約束をしてしまった。

「また会えるんだね。よかった。本当に良かった。奈々ちゃん、ありがとう」

わたしの手を一段と強く握り締めて慎之介が笑った。その無邪気な笑顔にわたしは、またしてもときめきを覚えた。

慎之介と別れて自宅に向かっている途中、地下鉄の吊《つ》り革に摑《つか》まっている時に、バッグの中のスマートフォンが振動を始めた。

慎之介だ。いったい何だろう？

そう思いながら、わたしはスマートフォンをバッグから取り出した。

けれど、その電話は慎之介ではなく、婚約者の飯島一博からのものだった。

てっきり慎之介からの電話だと考えていたわたしは、その電話が婚約者からのもので
あったことに少なからず落胆した。そして、落胆している自分に気づいて驚いた。

電車の中だったから、わたしはその電話には出ず、地下鉄を降りてから電話をかけた。

「ごめんなさい。電車の中だったから出られなかったの」

自宅に向かってゆっくりと歩きながら、わたしは一博に言った。今夜のパンプスの踵《かかと》
は本当に高かったから、眼に映るすべての景色がいつもとは少し違って見えた。

『電車の中って……奈々ちゃん、どこかに行ってたの？』

「うん。あの……友達に会っていたの」

わたしはとっさに嘘をついた。その瞬間、強い罪悪感が込み上げてきた。

自宅に向かって歩き続けながら、わたしは一博との電話を続けた。あしたはふたりで
横浜のみなとみらい地区に聳《そび》えるタワーマンションの内覧に行くことになっていたから、
わたしたちはその話をした。

一博と話しているあいだずっと、わたしの胸には罪悪感が広がり続けていた。どう考
えても、慎之介とこんなことを続けていていいはずがなかった。

『それじゃあ、奈々ちゃん、あしたね』

「ええ。あした」

『奈々ちゃん、愛してるよ』

一博が言った。

その言葉は少し意外だった。一博に『愛してる』と言われたのは、初めてのような気がした。思ったことをすぐ口にする慎之介とは違って、一博はそんなことを軽々しく口にするような男ではないはずだった。

「わたしもよ」

顔を強張《こわば》らせてわたしは答えた。その瞬間、また胸が疼《うず》いた。

9

学生時代の慎之介はわたしの部屋に入り浸りでほとんど勉強をしなかったから、その成績はひどいものだった。

「このままじゃ、留年しちゃうかもしれないよ」

あの頃、慎之介は会うたびにそんなことを口にしていた。

けれど、彼には危機感というものがほとんどなく、わたしと会うのを控えて勉強に精を出そうという気持ちもないようだった。

わたしも慎之介は卒業することができず、もう一年、大学生活を送ることになるのだろうと思っていた。慎之介の両親も同じように考えていたらしい。

けれど、慎之介はどうにか大学を卒業することができた。あの時、彼は二十二歳になったばかりで、わたしは間もなく二十五歳の誕生日を迎えようとしていた。

無事に卒業できただけでなく、あれほど無残な成績だったというのに、どういうわけか、慎之介は大阪に本社のある大手の製薬会社に就職することができた。

そのことに、わたしはひどく驚いた。彼の両親もびっくりしたらしかった。

その年の四月から研修が始まることになり、慎之介は大阪の研修センター近くの社員寮に移り住むことになった。その製薬会社では新入社員に半年間もの研修を施すようだった。

「会社員になんか、なりたくないよ。社員寮に半年も住むなんて嫌だよう」

いよいよ大阪に旅立つ前の日にわたしの部屋を訪れた慎之介が、今にも泣きそうな顔をしてそう訴えた。彼は社会人になることをものすごく嫌がっていた。

あの日、翌日には大阪に発《た》つ慎之介のために、わたしは店長に頼んでキャバクラの仕事を休ませてもらった。そして、その日は一日中、慎之介と寄り添うようにしてすごした。

二度目か三度目の性行為のあとで、全裸のわたしをしっかりと抱き締めながら、配属先が正式に決まったらその地に来て欲しいと慎之介がわたしに言った。

「会社は日本中に支店を展開してるから、どこに配属されるかはわからないけど……

奈々ちゃん、来てくれるよね？」

その言葉にわたしは深く頷いた。

「行くわ。どこにでも行く」

「北海道や沖縄にも支店があるんだけど、そんな遠くでも来てくれる？」

「行くに決まってるでしょう？」

すぐ目の前にある慎之介の、女の子のようにも見える顔を見つめてわたしは言った。

本当はわたしもすぐにでも大阪に引っ越し、彼の近くで暮らそうかと考えていた。わたしが大阪で暮らしたら、今と同じように頻繁に彼に会うことができるはずだったから。

けれど、慎之介はわたしの引っ越しには賛成してくれなかった。わたしが大阪に引っ越しても半年後には自分は別の土地に配属になるのだから、そんな無駄なことをする必要はないというのが慎之介の考えだった。

「落ち着いたら、ちゃんと呼び寄せるよ。だから、心配しないで」

わたしの髪を優しく撫《な》でながら慎之介が言った。「会社員になるのはすごく嫌だけど、奈々ちゃんと知らない土地で暮らすのは少し楽しみだな」

慎之介が優しい眼差《まなざ》しでわたしを見つめ、わたしは子供のように頷いた。


その翌日、わたしは新幹線のプラットフォームで慎之介を見送った。

「奈々ちゃん。愛してる。すごく愛してる」

あの日、人目もはばからず、慎之介はわたしの体を抱き締めた。

いつもなら、人目を気にしてそんなことはしないのだけれど、あの日ばかりはわたしもまた彼の華奢《きゃしゃ》な体を強く抱き締め返した。

それからのわたしはほとんど土曜日ごとにキャバクラを休んで新幹線で名古屋《なごや》に行き、大阪から新幹線でやってきた慎之介と名古屋駅近くのシティホテルで会った。そういう時の宿泊費と食費は、わたしがすべて支払った。慎之介の旅費まで負担した。それだけでなく、慎之介が欲しいと言うものを名古屋の百貨店で買ってあげたりもした。

そういうこともあって、お金はいくらあっても足りなかった。そのお金を稼ぐために、わたしは必死になってキャバクラで働き続けた。

あの頃の自分のことを思うと、あまりに健気《けなげ》で哀れになる。

そう。わたしは愚かだったのだ。恋に目が眩《くら》んだ愚か者だったのだ。

その過ちを、今また繰り返すわけにはいかなかった。

10

翌日の日曜日もよく晴れて、朝から気温がぐんぐんと上がっていた。

わたしは昼前に一博と横浜の関内《かんない》駅で待ち合わせ、中華街で食事を済ませた。それからふたりで不動産屋に行き、担当の営業マンの運転する車でみなとみらい地区に聳え立つタワーマンションの部屋に向かった。

もちろん、わたしは中国料理店を出る前にトイレに入り、喉《のど》の奥に指を押し込んで嘔《おう》吐《と》していた。

港のほうから風が吹いているようで、横浜の街には潮の香りが濃密に立ち込めていた。どこからともなくカモメの声が聞こえた。船のものらしきエンジン音も聞こえた。

そのタワーマンションは建てられてからそれなりの時間が経過していた。けれど、管理体制がしっかりとしているようで、エントランスホールもエレベーターも廊下も綺《き》麗《れい》だった。

わたしたちが不動産屋から勧められたのは二十八階の一室だった。リフォームが済んだばかりだというその部屋もまた、とても綺麗だった。

「うわーっ！　ものすごい眺めだなあ。これほどまで素晴らしいとは思わなかったよ」

その部屋の窓辺に立った一博が驚いたかのように言った。「夜になったら、さぞかし夜景が綺麗なんだろうなあ」

その部屋は西と北を向いた中古の3LDKで、広さは六十五平方メートルほどしかなかったけれど、北側の窓からは横浜や川崎《かわさき》の市街地だけでなく、新宿《しんじゅく》の高層ビル群や、東京タワーや東京スカイツリーが一望できた。西を向いた窓からは丹沢《たんざわ》の美しい山並みと富士山《ふじさん》がよく見えた。

ここに来るまで一博の気持ちは、どちらかというと一戸建ての購入に傾いていた。ふたりか三人の子供が欲しいと考えている一博は、この物件には部屋が三つしかないというのも気になっていたようだった。

けれど、この部屋に足を踏み入れた瞬間に、心が大きく動いたようだった。一博は結婚したら犬を飼いたがっていたが、その部屋はペットの飼育も許されていた。

「そうね。毎日、こんな景色を眺めながら暮らしたら素敵でしょうね」

一博に寄り添うように立ってわたしは同意した。

「このバルコニーにテーブルを置いて、ふたりでビールを飲んだら楽しいだろうなあ」

一博が笑顔でわたしを見つめた。その部屋には西を向いた窓の外にも、北向きの窓の向こうにもバルコニーがあった。

「寝室はどこにしたらいいんだろう？　北側の部屋から、東京の夜景を眺めながら眠るのがいいのかな？　あの部屋なら、キングサイズのベッドも置けるだろうからね」

「そうね。寝室には北向きの部屋がいいかもしれないわね」

わたしはまた同意した。

「根岸《ねぎし》の一戸建てとこの部屋だと、奈々ちゃんはどっちがいいと思う？」

笑顔の一博が尋ね、わたしは思わず返答に窮してしまった。

実は、その部屋に来てからずっと……いや、横浜で彼と待ち合わせてからずっと、わたしが考えていたのは新居のことではなく、別の男のことだったからだ。

11

週末ごとに名古屋のホテルで会うという暮らしが半年続き、いよいよ慎之介の配属先が決まった。

慎之介から電話で配属先を聞かされたわたしは、飛び上がるほどに驚いた。大学での成績があれほど悪かったというのに、なぜか、慎之介は地方都市の支店ではなく、大阪の一等地に聳《そび》える本社ビルに配属されたからだ。

あの時、わたしは確かにひどく驚いていた。けれど、納得してもいた。頭の中身はともかくとして、慎之介は背が高くてスマートで、ハンサムで人懐こくて、外面がとてもいい男だったからだ。

わたしはすぐに大阪への引っ越しを考えた。今からだと四年近く前の九月の終わりのことで、わたしは二十五歳、慎之介は二十二歳だった。

「今週中にも大阪に行くわ。大阪に行って、慎之介のそばの部屋を借りる」

わたしは声を弾ませて、彼に電話でそう告げた。

『あのね、奈々ちゃん。あの……実は、きょうはあの……それとは別の話があるんだ』

とても歯切れの悪い口調で慎之介が言い、わたしはとっさに身構えた。そんなふうに話す時に彼の口から出てくるのは、いつだって悪い話だったからだ。

「話って何なの？」

身構えながらも、わたしは訊《き》いた。緊張のためか、スマートフォンを握る手に汗が噴き出し始めていた。

『うん。あの……奈々ちゃん、あの……落ち着いて聞いてもらいたいんだけど……』

「落ち着いてるわ。話って、何なの？」

心臓が激しく鼓動し始めたのを感じながら、わたしはスマートフォンを握り締めた。

『あの……奈々ちゃん……実は、あの……僕と別れて欲しいんだ』

申し訳なさそうに言う慎之介の声が耳に届いた。

その瞬間、わたしの頭の中は真っ白になった。

第四章

1

慎之介から突然の別れを告げられたのは、今から四年近く前、もう少しで九月も終わろうとしていた時のことだった。

『あの……奈々ちゃん……実は、あの……僕と別れて欲しいんだ』

手にしたスマートフォンから、とても申し訳なさそうな慎之介の声が聞こえた。

その言葉はわたしにとってまさに青天の霹靂《へきれき》で、数秒のあいだ、何を言われたのかが理解できなかった。

「慎之介、今、何て言ったの？」

しばらくの沈黙のあとで、わたしは猛烈に動揺しながら、声をひどく震わせて訊いた。

『だから、あの……僕と別れて欲しいって……』

「嘘なんでしょう？　慎之介……ふざけてるだけでしょう？」

音がするほど強くスマートフォンを握り締め、声をさらに震わせてわたしは訊いた。

『ふざけてなんかいない。僕は真面目だよ』

「だったら、何なの？　これはどういうことなの？」

『ごめんね。奈々ちゃん。でも、わかって欲しいんだ』

スマートフォンから、またしても申し訳なさそうな慎之介の声が聞こえた。

「理由を……聞かせて……」

叫び出したい気持ちを懸命に抑え、呻《うめ》くようにわたしは言った。

その求めに応じて、慎之介が重苦しい口調で話を始めた。驚いたことに、慎之介にはほかに女ができたようだった。彼が勤務している製薬会社の本社ビルの受付嬢として働いている女で、会社の執行役員のひとり娘なのだと慎之介は言った。

『向こうから付き合って欲しいと言われて……あの……最初は断ったんだけど、すごくしつこくされて、それで、つい……あの……付き合い始めちゃったんだ』

やはりとても申し訳なさそうに慎之介が言った。

猛烈に動揺しながらも、わたしは慎之介が真実を語っているのだと感じていた。彼は女たちにとてもモテたから、それはいかにもありそうなことだった。

「それじゃあ、慎之介、わたしと名古屋で会っている時も……あの……その受付の女と同時に付き合っていたの？」

力なくわたしは言った。本当なら、怒りに震えるべきだったが、あまりにショックを受けていたために怒りさえ湧いてこなかった。

『同時というわけじゃないんだ。あの……その子とちゃんと付き合うと決めたのは、本当に何日か前のことなんだ。だから、決して、二股《ふたまた》をかけていたわけじゃないんだよ』

慎之介がそう言い訳をした。

話しているうちに、最初の衝撃はいくらか和らぎ、わたしは慎之介を説得しようとした。わたしはこれほど彼に尽くしてきたというのに、こんな電話一本で捨てられてしまうわけにはいかなかった。

けれど、慎之介は『ごめんね、奈々ちゃん。でも、どうしようもないんだよ』『僕の気持ちは変わらないよ。変えられないんだよ』『奈々ちゃんには本当に済まないことをしたと思ってる』などと言うばかりだった。最後には『ごめんね、奈々ちゃん。さようなら』と言って、一方的に電話を切ってしまった。

わたしはすぐに慎之介のスマートフォンを鳴らしたが、彼はその電話に出なかった。

2

その晩は一睡もできなかった。翌日、朝になるのを待ちかねたかのように、わたしは新幹線に乗って大阪へと向かった。

大阪に着いてすぐに、わたしは慎之介のスマートフォンを何度も鳴らした。

最初の何度か、慎之介は電話に出なかった。だが、やがてスマートフォンからうんざりとしたような彼の声が聞こえた。わたしが大阪に来ていると言うと、彼は驚いたようだった。

『大阪まで何をしに来たの？　しつこいよ、奈々ちゃん。会っても話すことはないよ』

けれど、わたしが会社に押しかけて騒ぐと脅すと、慎之介はしかたなくといった感じで会う約束をした。

その晩、わたしは大阪に泊まることに決めて、早々にホテルにチェックインし、キャバクラの店長に欠勤の電話を入れてから入浴をした。その後は鏡の前で、時間をかけて入念な化粧を施した。それだけでなく、慎之介に体を求められた時のために、東京から持参したエロティックな下着を身につけ、とてもセクシーなデザインの超ミニ丈のワンピースをまとい、とてつもなく踵《かかと》の高い彼好みのサンダルを履いた。

何としてでも慎之介の心を変えさせるつもりだった。

そして、その晩、わたしは自分の宿泊先のホテルの客室で慎之介と向き合った。

「慎之介、わたしはあなたのためにすべてを犠牲にしてきたのよ。何もかもを犠牲にして、あなたのために尽くしてきたのよ。それがわかってるの？」

わたしは必死で訴えた。何が何でも、彼の気持ちを変えさせなければならなかった。

「わかってるよ、奈々ちゃん。よくわかってる」

困ったような顔をした慎之介が言った。あの日、会社帰りだという彼は、濃紺の洒落《しゃれ》たスーツを身につけ、洒落たストライプのネクタイを締めていた。

そんな格好をすると、ちゃらんぽらんでいい加減で、真面目という言葉の対極にいるはずの慎之介でさえ、やり手のビジネスマンのように見えた。

「わかってるなら、どうしてこんな仕打ちができるのっ！」

わたしは声を荒立てた。そして、これまで自分が慎之介のために、どれほどの犠牲を払ってきたのかということを次々に口にした。

言っているうちに、感情がひどく高ぶり、わたしはいつの間にか涙ぐんでいた。誰が見たって、慎之介がわたしにした仕打ちはあまりにもひどいものに違いなかった。

「あなたはわたしの人生をめちゃくちゃにしたのよ。この責任をどうやって取るつもりなのっ！」

込み上げる怒りに駆られ、ヒステリックにわたしは叫んだ。

けれど、彼はやはり「別れたい」の一点張りで埒《らち》が明かなかった。

「ごめんね、奈々ちゃん。本当にごめん。でも、僕の気持ちは変わらないんだ。だから、これ以上、話し合ってもどうしようもないよ」

そう言うと、慎之介は話し合いの途中で席を立ってしまった。

わたしはドアのところで慎之介の腕を捕まえ、彼に縋《すが》りついて「捨てないで」と涙ながらに訴えた。

けれど、慎之介はわたしの腕を払いのけ、「ごめんね、奈々ちゃん」と言って部屋を出て行ってしまった。

ひとり残されたわたしはその場に崩れ落ちるかのように蹲《うずくま》った。そして、両手で顔を覆い、誰憚《はばか》ることなく声をあげて泣いた。

その後は、わたしがいくら電話をしても、慎之介は決して電話に出なかった。メールを繰り返しても返信は一度もこなかった。

わたしは悲嘆に暮れた。

その翌日、東京に戻ったわたしは、具合が悪いと言ってキャバクラを休み、その後は何日も泣いて暮らした。あんなに泣いたのはあれが初めてで、わたしの顔は人相が変わるほどに腫《は》れてしまった。

あの時、わたしは確かに悲嘆に暮れていた。けれど、心のどこかではホッとしてもいた。それは長い夢から覚めたような気持ちだった。

ああっ、これからはもう、慎之介に振りまわされることはないんだ。これからは、自分の好きなように生きていけるんだ。

一週間ほどでわたしは立ち直り、慎之介との思い出の品をすべて破棄した。慎之介がスマートフォンで撮影したわたしのヌードや、下着姿の写真や動画の数々も消去した。

その後は一度も店に行くことなく、わたしはキャバクラを辞めた。そして、『とりあえず』という気持ちで、今も在籍している人材派遣会社に登録した。

慎之介と別れてからのわたしは、濃く化粧することも、派手な衣類やエロティックな下着やたくさんのアクセサリーを身につけることも、ハイヒールのパンプスやサンダルを履くこともしなくなった。

3

みなとみらい地区のタワーマンションの内覧を終えたのはまだ午後三時で、横浜の街には真夏の太陽がギラギラと暴力的なまでに照りつけていた。

マンションの前で不動産屋の営業マンと別れるとすぐに、一博がわたしに「ホテルに行かない？」と好色な顔をして言った。

わたしは港の見えるカフェで紅茶を飲みたいと思っていた。セックスなんて、少ししたい気分ではなかった。けれど、いつものように拒むことはせず、一博が止めたタクシーの後部座席に黙って乗り込んだ。

「奈々ちゃん、最近、お疲れなのかい？」

後部座席にわたしと並んで座った一博が訊《き》いた。一博の体からは汗のにおいが強く立ち上っていた。半袖《はんそで》シャツから剝《む》き出しになった彼の腕は、汗でぬるぬるになっていた。

「どうしてそんなこと訊くの？」

わたしはすぐ隣にある一博の顔を見つめた。汗まみれになったその丸顔を目にし、彼の体から漂う強い汗のにおいを嗅《か》いだ瞬間、わたしの中に強い嫌悪感が走り抜けた。

そのことに、わたしはひどく驚いた。間もなく夫となる男に対して、これほどはっきりとした嫌悪を覚えたのは初めてだった。

「うん。奈々ちゃん、ここのところ何となく元気がないみたいだからさ」

「そんなことはないと思うけど……」

「僕の気のせいなのかもしれないけど……最近の奈々ちゃん、なんていうか……いつも心ここにあらずって感じがするんだ」

一博が言い、わたしは顔を歪《ゆが》めるようにしてぎこちなく微笑んだ。彼に心の中を覗《のぞ》き込まれているような気がした。

その午後、横浜駅近くのラブホテルの一室で、わたしは一博に抱かれた。

いつものように、一博の行為はひどくせっかちで、自分勝手で乱暴で、わたしは性的な快楽をまったく覚えなかった。それでも、わたしはいつものように、たっぷりの肉のついた一博の背中を抱き締め、彼の重さに必死で耐えながら、淫《みだ》らな喘《あえ》ぎ声を絶え間なく漏らした。

たった今、シャワーを浴びたばかりだというのに、分厚い脂肪の層に覆われた彼の体は早くも汗まみれになっていた。

その午後、最初の行為が終わってから、一博がわたしにオーラルセックスを求めた。

彼にそれを求められたのは初めてのことだった。

「ごめんなさい、カズさん。それは許して。わたしにはできないわ」

一博の股間《こかん》で光っている男性器を見つめ、わたしは申し訳なさそうな口調で告げた。

「どうしてもダメかい？　実は、一度でいいから奈々ちゃんにフェラチオをしてもらいたいと、ずっと前から思ってたんだ。たった一度でいいんだけど……それでもダメかい？」

上気した顔の一博が懇願するように言った。

「ごめんなさい。でも、わたし、したことがないから……」

申し訳ない気持ちでわたしは言った。わたしが申し訳なく思っていたのは、オーラルセックスを断ったことではなく、自分が嘘をついているからだった。

かつて慎之介にそれを求められて拒絶したことは、ただの一度もなかった。それどころか、慎之介に求められる前に、自分から進んで彼の性器を口に含んだことさえあった。けれど、一博を相手にそれをする気にはなれなかった。彼は婚約者なのだから、してあげるべきだと頭ではわかっていたが、どうしてもダメだった。

わたしたちがラブホテルを出た時には午後六時をまわっていたけれど、日の長い季節だったから横浜の街はまだ充分に明るかった。

昼には中華を食べたので、夕食には横浜駅のすぐ近くにあるステーキレストランに入った。その後は一博とふたりでタクシーに乗り込み、世田谷区にあるわたしの自宅に向かった。わたしは電車で帰ることを提案したのだが、一博が「奈々ちゃんは疲れてるみたいだから」と言って、タクシーでわたしのマンションの前まで送ってくれたのだ。

マンションの前でタクシーが止まったのは、まだ午後九時前だった。

「カズさん、うちに寄っていく？」

車から降りる前に、いつものように、わたしはそう訊いた。

「そうだね。今夜はまだ早いから、少しだけお邪魔しようかな」

一博がそう答えた瞬間、わたしは思わず顔を引きつらせた。

今夜はもうひとりきりになりたかったのだ。きょうのわたしは一博と一緒にいることで、ひどい疲労を感じていたのだ。けれど、自分から誘った手前、「やっぱり帰って」とは言えず、わたしは一博を自宅に招き入れた。

「ねえ、奈々ちゃん。奈々ちゃんは根岸の家と、きょうのタワーマンションのどっちを新居にしたい？」

わたしがグラスに注いであげた冷たいビールを飲みながら、のんびりとした口調で一博が訊いた。

「わたしには決められないわ。わたし、住むところにこだわりはないのよ」

意識的に笑みを浮かべてわたしは答えた。けれど、心の中では一博に早く帰ってもらいたいと思っていた。

4

「平子さん、実は折り入って話したいことがあるんです」

一博からそう言われたのは、今から一年と少し前、長かった梅雨がもう少しで明けようとしていた頃のことだった。

あの頃のわたしは渋谷にある今の会社ではなく、ワインの輸入販売をしている日本橋《にほんばし》の会社に事務員として派遣されていた。総合商社でワインを扱っていた一博は、その会社の事務所に頻繁に出入りしていた。

「話って何ですか？　今、話せないんですか？」

パソコンに数字を打ち込みながらわたしは訊いた。

「ええ。できれば、あの……ふたりきりでお話がしたいんです」

オフィスにいたほかの人々の目を気にしながら、一博が小声で言った。

その日、勤務を終えたわたしは会社の近くにあるカフェで一博と待ち合わせた。

去年の梅雨は雨が多くて、あの日も朝から雨が降ったりやんだりしていた。湿度も高くて、とてもジメジメとした一日だった。

終業間際に急な仕事が入ってオフィスを出るのが遅くなってしまったということもあって、わたしがカフェに着いた時には一博はすでに店の片隅にいた。太った体を折りたたむようにして、窮屈そうに座っていた。

あの日の彼は白い半袖のワイシャツ姿で、水玉模様のネクタイを締めていた。彼の隣の椅子の背にはグレイのスーツの上着がかけられていた。わたしのほうは黒いパンツと白い長袖《ながそで》のブラウス、それに黒いカーディガンという格好で、肌寒い日だったのでベージュのレインコートを羽織っていた。

「お待たせしちゃって済みません」

わたしはレインコートを脱いで彼の向かいに腰を下ろした。

「いいえ。僕もたった今、来たところです」

一博はそう言ったが、彼の前に置かれたカップはすでに空になっていた。彼は緊張したような顔をしていて、わたしにはそれが不思議に感じられた。

「飯島さん、わたしにお話って何ですか？」

自分の前に湯気の立つ紅茶が運ばれてきてから、わたしは彼にそう尋ねた。それまでも彼とは何度となく口を聞いていたけれど、その多くが事務的なことで、個人的な話をしたことはほとんどなかった。

「実はあの……何ていうか……ええっと……あのですね」

ひどく言いにくそうに一博が話し始めた。仕事をする時の彼は歯切れのいい人だったから、そんなふうに口ごもる彼を目にしたのは初めてだった。色白の彼は元々が赤ら顔だったが、話しているうちにその顔がますます赤くなっていった。「あの……平子さんには今、あの……何ていうか……あの……付き合ってる人はいらっしゃるんですか？」

男女間のことについて、わたしはかなり鈍いほうだった。だが、そんなわたしにも、彼がわたしに何を言おうとしているのかがすぐにわかった。

「付き合ってる人ですか？　そんな人はいませんよ」

わたしは笑みを浮かべて一博を見つめた。

「そうですか。あの……いらっしゃらないんですか」

一段と顔を赤く染めた一博が言った。彼は落ち着きなく視線をさまよわせていた。

「はい。いません」

わたしはまた微笑んだ。

「意外ですね」

「そうでしょうか？」

「ええ。ものすごく意外です。あの……平子さんはとても綺麗《きれい》な女性だし、あの……スタイルもいいから……あの……付き合ってる人がいるんだろうなと思っていました」

わたしの顔ではなく、目の前のテーブルや、そこに置かれた自分の手を見つめた一博が、しどろもどろになりながら言った。

それまでわたしは、五つ年上の飯島一博を恋愛の対象として考えたことは一度もなかった。彼はわたしより背が低いのに、体重が百キロ前後もあって、かなりのデブだった。それだけでなく、手足が短く、首も短くて、とても不恰好《ぶかっこう》な体型をしていた。さらには、色白の赤ら顔で、目が小さくて、鼻が低くて、髪の毛が薄くなっていて、少なくとも外見上は魅力的なところは何ひとつなかった。

いつだったか、両親に勧められて何度もお見合いをしたことがあるけれどすべて断られたと、彼が笑いながら話しているのを耳にしたことがあった。彼は結婚相手を見つけるために、お見合いパーティーのようなものにも頻繁に参加しているようだったが、そこでも出会いはないということだった。

「僕は自分でも呆《あき》れるほどモテないんですよ」

あの時、屈託なく笑いながら彼が言った。

わたしは「そんなことないでしょう」と言って笑ったけれど、心の中では、彼ほど女にモテない男は少ないだろうなと思ったものだった。

かつてのわたしは自分が面食いだと思ったことはなかった。けれど、慎之介と長く付き合ってきたわたしの目には、一博の姿は化け物か怪獣のように映った。

「もし、平子さんに付き合ってる人がいないのでしたら……すごく図々《ずうずう》しく聞こえるかもしれませんが……あの……結婚を前提にして、僕と付き合ってもらえませんか？」

ようやくそこまで言うと、一博はわたしの目をじっと見つめた。

わたしはすぐには返事をせず、目の前にある一博の丸顔を見つめた。その彼の顔は、これ以上はないというほどに赤くなっていた。

一博の口から出た言葉は、すでに予想したものだった。それにもかかわらず、わたしはひどく戸惑っていた。

「あの……ご覧の通り、僕はチビのデブだし、顔もよくないから、平子さんが戸惑うのはごもっともだと思います」

わたしの戸惑いを敏感に察したらしい一博が言った。「でも、あの……もし、僕の奥さんになってくれたら、僕は平子さんをきっと幸せにします。悲しい思いをさせるようなことは絶対にしません。約束します。だから、僕の奥さんになってもらえませんか」

わたしは何度か唇を舐《な》めた。それから、言葉を選ぶようにして彼に言った。

「飯島さん、そう言っていただけて、とても嬉《うれ》しいです。飯島さんのお気持ちはよくわかりました。でも、すごく大切なことなので、少しだけお時間をいただけますか?」

「もちろんです。平子さん、ゆっくりと考えてください」

サンショウウオのように小さな目で、わたしをじっと見つめて一博が言った。


その日、自宅に戻る途中も、戻ってからも、わたしは飯島一博のことを考え続けた。

人間は外見ではなく中身が大切なのだと、かつてのわたしは本気で思っていた。いや、あの時だって、そう思っていた。

そんなわたしにとっても、一博の容姿は許容の範囲を超えていた。

だから、最初から断ろうと決めていた。ただ、すぐに断ってはあまりにも失礼だから、数日してから断ろうと思っていたのだ。

だが、時間の経過とともに、わたしは一博と結婚してもいいのではないかと考えるようになっていった。

わたしの気持ちが動かされた理由のひとつは慎之介だった。

慎之介と付き合っているあいだ、わたしは実に頻繁にやきもちを焼いていた。やきもちを焼き続けたと言ってもいいほどだった。慎之介はそれほど女たちにとてもモテたのだ。

けれど、不細工な一博と付き合ったら、そんなことは絶対になさそうだった。

慎之介は猫のように気まぐれで、わがままで、自分勝手な男で、わたしはいつも振りまわされてばかりいた。だが、一博だったら、そういうことはなさそうな気がした。

その少し前に妹の史奈が結婚したということも、わたしの心が揺れた理由のひとつだった。実家の母は電話で話をするたびに、わたしにも早く結婚するようにと言っていた。

わたしは両親に慎之介の存在を知らせていなかった。

心が揺れた理由はほかにもあった。

そう。わたしは今の生活に疲れていたのだ。

やりがいのない仕事、派遣従業員という不安定な身分、同い年の正社員の半分にも満たない収入……都会の片隅でひとり生きていくことに、あの頃のわたしは疲れ果てていた。わたしには悩みを語り合うことができるような友人が、ただのひとりもいなかった。

一博は確かに不細工だった。けれど、彼は誰もが知っている総合商社に勤務するサラリーマンで、収入は安定しているに違いなかった。そんな彼の妻になれば、わたしは今の不安定な暮らしから抜け出せるはずだった。

よし、決めた。結婚しようあの人の妻になろう。

その晩、わたしはそう決意した。

打算？

そうなのだ。自分勝手で薄汚れた打算から、わたしは一博と結婚しようと考えたのだ。


一博がようやく腰を上げたのは午後十一時をまわった頃だった。

部屋を出る前に一博はわたしを抱き締め、わたしの唇に自分のそれを重ね合わせた。

この部屋で彼にキスをされたのは初めてだった。

「愛してるよ」

一博がまたその言葉を口にし、わたしは「わたしもよ」と言って微笑んだ。

タクシーで自宅に戻るという一博と一緒に、わたしはマンションのエントランスホールの外まで出た。そして、一博が乗ったタクシーを見送ってからマンションに戻った。

ようやくひとりになれたことで、わたしはホッとした気持ちになった。

このまま結婚していいのだろうか？　わたしは本当に、一博の妻としてやっていくことができるのだろうか？

十一階に戻るエレベーターの中で、わたしはそんなことを考えていた。

自室に戻ったわたしは、何気なくスマートフォンを手に取った。するとそこに慎之介からのメッセージが届いていた。

その瞬間、わたしは思わず心を弾ませた。同時に、自分が心を弾ませていることに対して強い罪悪感も抱いた。

何を喜んでいるの？　奈々、あんた、どうかしてるよ。

わたしは自分にそう言った。けれど、それ以上は考えず、少女のように心を弾ませたまま慎之介からのメッセージを読んだ。

5

その週の半ば、仕事を終えたわたしは、また渋谷の繁華街で慎之介と会った。今度はいつものカフェではなく、慎之介が予約してくれた少しだけ高級な居酒屋の個室だった。

オフィスから居酒屋に向かう前に、今夜もわたしは会社の近くのホテルのトイレで入念な化粧を施し、髪を整え、たくさんのアクセサリーを身につけた。

きょうは地味な装いで出勤したので、トイレの個室で大きなバッグに入れてきたミニ丈のワンピースに着替えた。そして、やはりバッグに入れて持参したとてつもなく踵《かかと》の高いサンダルに履き替えてからホテルのトイレを出た。

慎之介はすでに居酒屋にいた。床の間のある静かな個室でわたしを待っていた。

「奈々ちゃん、また会えて嬉しいよ」

個室に足を踏み入れたわたしを見た慎之介が、本当に嬉しそうな顔をした。一博を見慣れたわたしの目に、ハンサムで可愛らしい慎之介は芸能人のようにさえ映った。

わたしは微笑みながら頷《うなず》いた。今夜こそ毅然《きぜん》とした態度を貫き通そうと思っていたにもかかわらず、微笑みが浮かんでしまうのを抑えることができなかった。

「奈々ちゃん、こないだのことなんだけど……」

その店に入って三十分ほどがすぎた頃、大きな目を少しだけ充血させた慎之介がそう切り出した。彼は早くもジョッキで三杯ものビールを飲んでいた。

「こないだのことって？」

わたしはわざととぼけてみせた。

「だからさ、あの……結婚をやめてもらえないかっていう話だよ」

「慎之介、まだそんなことを言ってるの？」

わたしはあからさまに呆《あき》れた顔をしてみせた。けれど、心臓が高鳴り始めたことをはっきりと感じていた。

「何度だって言うよ。奈々ちゃん、その人と結婚しないで欲しいんだ。その人と別れて、僕のお嫁さんになって欲しいんだよ」

縋《すが》るような目で慎之介がわたしを見つめた。

「そんなの無理よ。できるはずないわ」

あからさまな溜息《ためいき》をついてから、そっけない口調でわたしは言った。ここに来る前にホテルのトイレで、わたしは今夜も婚約指輪を左の薬指に嵌《は》めていた。

「奈々ちゃん、そんなこと言わないでよ」

慎之介はわたしを見つめ続けていた。その様子は親犬とはぐれてしまった子犬のようで、わたしの心はひどく掻《か》き乱された。

やめて、慎之介。そんな目で見ないで。そんな目で見られると、わたし、おかしくなってしまうわ。

わたしは心の中で悲鳴をあげた。

「ねえ、奈々ちゃん、どうしてできないの？」

黙っているわたしに、今にも泣きそうな顔になった慎之介が言った。

「できないわよ。できるはずがないでしょう？　これはもう、カズさんとわたしだけの問題じゃないのよ。家と家との問題でもあるのよ。婚約破棄なんてしたら、大変なことになるわ。そのぐらいのこと、慎之介にもわかるでしょう？」

「確かに、そうなのかもしれないけど……」

「わたしたちもう結納を終わらせているの。式場も予約してあるし、結婚式に招く人たちに招待状も送っちゃったのよ。イタリアへの新婚旅行も予約してあるし、間もなく新居も購入する予定だし……とにかく、今さら結婚を取り消すことなんて無理よ」

わたしは強い口調でそう言った。

それを聞いた慎之介の目に、うっすらと涙が浮かんだ。その涙が、わたしの心をさらに激しく乱れさせた。


わたしたちが居酒屋を出たのは、午後九時を少しまわった時刻だった。

雑居ビルの七階にあるその居酒屋から地上へと向かうふたりきりのエレベーターの中で、慎之介が急にわたしを抱き寄せ、息が止まるほど強く抱き締めた。

「ダメッ、慎之介っ！　いやっ！」

わたしは彼の腕の中で身をよじり、必死でそう訴えた。

だが、慎之介はその訴えを無視して身を屈《かが》め、わたしの唇に自分のそれを重ね合わせると、その滑らかな舌でわたしの口の中を荒々しく掻きまわした。

「うっ……むふっ……」

彼の口の中に呻《うめ》きを漏らしながら、わたしは反射的に身をよじった。

次の瞬間、わたしの左の乳房を、慎之介がワンピースの上から鷲摑《わしづか》みにし、ゆっくりと揉《も》みしだき始めた。そのことによって、わたしはもう何も考えられなくなってしまった。

「奈々ちゃん、ホテルに行こう」

ようやく唇を離した慎之介が、わたしをじっと見つめて言った。

その言葉に、わたしは思わず頷いてしまった。

6

その晩、繁華街の外れのラブホテルの一室で、慎之介の愛撫《あいぶ》を受けたわたしは、かつて彼と付き合っていた頃のように、我を忘れて乱れに乱れた。

慎之介はわたしのどの箇所を、どんなふうに刺激すれば、わたしがどんな反応を見せるのかを実に正確に知っていて、まるでゲームでもしているかのように、指先と舌の先とを使ってわたしを自由自在に操った。

「あっ！ ダメっ！ 慎之介っ！ そこはいやっ！ あっ！ いやっ！ 感じるっ！ いやーっ！」

自分の口から出ている浅ましい声が、わたしにもよく聞こえた。

わたしはそれを恥ずかしいと思った。けれど、かつてもそうだったように、その声を抑えることがどうしてもできなかった。

「奈々ちゃん、カズさんと別れてくれるよね？」「婚約を破棄して、僕のお嫁さんになってくれるよね？」「奈々ちゃん、僕と結婚してよ」「いいよね、奈々ちゃん？」

指先と舌の先だけでわたしを激しく乱れさせながら、慎之介がわたしに何度となくそう語りかけた。

その言葉が耳に入るたびに、わたしは息を激しく乱れさせながらも、「無理よ」「できないわ」と、うわ言のように繰り返した。

慎之介の巧みな愛撫によって、わたしはたちまちにして性的絶頂の瞬間を迎えた。慎之介との行為ではいつもそうだったように、今夜もわたしはほとんど失神しかけながら、全身をぶるぶると激しく震わせ、耳がおかしくなるほどの大声を張りあげた。

数日前のわたしは、一博から求められたオーラルセックスを拒絶していた。けれど、今夜は慎之介に求められるがまま、床に仁王立ちになった全裸の彼の足元に跪《ひざまず》き、硬直した男性器を口に深々と含み、自ら進んで顔を前後に打ち振った。

「奈々ちゃん、好きだよ。好きだ。すごく好きだ」

わたしの髪を両手で鷲摑みにして腰を前後に動かし、石のように硬直した男性器の先端でわたしの喉《のど》を突き上げながら、彼もまたうわ言のようにそう繰り返した。

こうして慎之介に口を犯されている時、かつてのわたしはいつも自分が服従を強いられていると感じ、強烈な屈辱を覚えていたものだった。

けれど、今夜はそうではなかった。髪を鷲摑みにされて口を犯されながら、わたしは恍惚《こうこつ》となるような喜びに包まれていたのだ。

彼もまたすぐに性的絶頂に達し、低い呻きを漏らしながら、わたしの口の中にどくどくと多量の体液を注ぎ入れた。命じられたわけではないにもかかわらず、わたしは喉を鳴らしてそれを夢中で嚥下《えんげ》した。

「奈々ちゃん、やり直そうよ」

行為のあとで、わたしに腕枕をした慎之介が言った。

その言葉に、わたしは思わず頷きかけた。けれど、頷くわけにはいかなかった。またしても愚かな女になるわけにはいかなかった。

「無理よ、慎之介。それは絶対に無理よ」

すぐ目の前にある彼の顔を見つめてわたしは言った。

「ああっ、畜生っ！　奈々ちゃんと別れるなんて、僕は何て馬鹿だったんだっ！」

慎之介が叫ぶように言うと、自分の髪を両手で搔き毟《むし》った。

そんな慎之介の肩甲骨の浮き出た背を、わたしはそっと抱き締めた。

7

慎之介と別れて自宅に戻ったわたしは、身も心も疲れきってベッドに身を横たえた。

体が疲れていたのは慎之介のせいだった。今夜の彼はわたしのことを、あれからさらに二度も抱いたのだ。

わたしはそのたびに強烈な快楽に駆り立てられ、猛獣のように迫って来るその快楽に追い立てられた。そして、我を忘れて喘《あえ》ぎ悶《もだ》え、ほとんど失神しかけながら、凄《すさ》まじいまでの性的絶頂に上り詰めていた。

心が疲れていたのは、わたし自身のせいだった。

わたしは自分の意志の弱さに失望し、強烈な自己嫌悪に駆られていたのだ。

今夜、わたしがしたことは一博に対する完全な裏切りだった。愚かなわたしは取り返しのつかないことをしてしまったのだ。

カズさん、ごめんなさい。本当にごめんなさい。

心の中で、わたしは一博に償った。けれど、同時に、心のどこかでは一博と別れて慎之介の求めに応じる道を模索していた。

そう。わたしはとことん自分勝手で、とことんずるい女になってしまったのだ。

一年と少し前、一博からの求婚を受け入れたわたしは、その直後に都内に暮らす彼の両親に会いに行った。一博の父は経済産業省の官僚で、母は専業主婦だった。

一博の実家は大田《おおた》区内の閑静な住宅街にあった。その住宅街に立ち並んでいるのは、広い庭を有した大きな家ばかりで、たいていの家のガレージに高級車が停められていた。一台だけでなく、数台の車のある家も少なくなかった。

一博が生まれ育った家もまた、周りの家々に負けないほど大きくて立派なものだった。その家の庭は一博の母が育てたという色とりどりの蔓薔薇《つるばら》に囲まれていて、ゆったりとしたガレージにはドイツ製の大型四輪駆動車と、母が買い物に使うという小型の国産車が停まっていた。

その家の広々とした玄関で、一博の両親がわたしを満面の笑みで出迎えてくれた。

間もなく定年を迎えるという一博の父は、ひどく痩《や》せた小柄で貧相な中年男で、その頭は完全に禿《は》げ上がっていた。母もまた背が低かったけれど、息子と同じように色白で、赤ら顔で、息子以上に太っていた。

料理をするのが趣味で、近所の主婦たちを定期的に招いて料理教室を開催しているという一博の母は、わたしのために前日から手の込んだ料理を作ってくれたようで、あの日のテーブルにはそれらの料理の数々がずらりと並べられていた。

「一博の嫁さんになろうという女の人は、いったいどんな変わり者なんだろうと思っていたら、あんまり綺麗《きれい》な人が来たんでびっくりしたよ」

あの日、わたしの向かいに座った一博の父が、とてもと嬉《うれ》しそうにそう言った。気難しそうな見てくれとは裏腹に、一博の父は明るくてお茶目な感じの人だった。

「だから、美人を連れて行くって言ったじゃないか」

わたしの隣に座った一博が言った。

「でも、お前は昔からてんでモテなかっただろう？　だから、こんなに綺麗な人と結婚できるなんて思ってもみなかったよ」

一博の父が笑顔で言い、夫の隣に座った母が「本当に奇跡みたいね」と同意した。

「あの……一博さんって、そんなにモテなかったんですか？」

両親の顔を交互に見つめてわたしは訊《き》いた。

「モテなかったよ。まったくモテなかった。なあ、一博。お前、女の子にはまったくモテなかったよな？」

父が笑いながら息子を見つめた。

「確かにそうだけど……そんなにモテない、モテないって連呼することはないじゃないか」

少し不愉快そうに一博が抗議した。

「だって、事実じゃないか。お前があんまりモテないから、お父さんもお母さんも随分と心配したよ。孫の顔なんか、とっくに諦《あきら》めてたよ。なあ、母さん」

「ええ。とっくに諦めていました」

一博の母がまた同意した。

「わたし、そんなにもモテない人と結婚することになるんですね？　不安になります」

あからさまに不安げな表情を浮かべてわたしは言った。

「父さん、余計なことばかりベラベラと喋《しゃべ》るなよ。奈々ちゃんが心変わりでもしたら、どうするつもりなんだよ？」

一博が唇を尖《とが》らせてまた抗議した。

「悪かった。悪かった。それじゃあ、奈々さん、フォローさせてください。確かにこいつは、とんでもなくモテない男なんですが、心根はいいんですよ。わたしと同じで、見てくれは悪いけど、心は綺麗なんだ。だから、容姿じゃなく、心を見てやってください」

真顔になった一博の父が言った。その隣では、母が何度も頷《うなず》いていた。


今夜、ベッドの中で、わたしは一博の両親の顔を何度となく思い浮かべた。わたしの心はそのふたりに対する罪悪感で、今にも押しつぶされてしまいそうだった。

大切に育てたひとり息子が一方的に婚約を破棄されたと聞いたら、あの人たちはどう感じるのだろう？　わたしのことをどれほど恨むのだろう？　どれほど憎むのだろう？

あの善良な両親を嘆き悲しませるのだと思うと、胸が張り裂けそうなほど辛《つら》かった。

けれど、わたしの心はすでに決まっていた。

そう。わたしは婚約を破棄するつもりだった。一博と結婚するのをやめ、再び慎之介のものになるつもりだった。

奈々、あんた、本気なの？　そこまで愚かな女だったの？

わたしは自問した。

迷いがないわけではなかった。けれど、自分が一博と別れ、慎之介とよりを戻したがっていることを、わたしははっきりと知っていた。

そんな自分を騙《だま》し、一博と結婚することは、一博に対しても失礼なことのような気がした。

一博に失礼？

いや、それはただの言い訳だ。わたしは慎之介とよりを戻したいのだ。ただ、それだけのことなのだ。

8

一博に別れを告げるためにわたしが彼の部屋を訪れたのは、八月の最初の日曜日の午後のことだった。

一博は商社に就職した数年後に大田区の実家を出て、今は新宿区内のデザイナーズマンションの一室に暮らしていた。著名な建築家が設計したという全室賃貸のそのマンションは、内装も外装もとても洒落《しゃれ》ていた。

わたしがそこを訪れたのは初めてだった。それまでにも何度か「カズさんの部屋に行ってみたい」と訴えたのだが、そのたびに彼は「僕の部屋は、ほかの人に来てもらえるような状態じゃないんだ」と言って、わたしが行くことを拒んでいた。けれど、きょうはどうしてもカフェやレストランではなく、ふたりきりで話がしたかった。

わたしの部屋に彼に来てもらってもよかったのだけれど、別れ話を切り出すのに自分の部屋に呼びつけるのは、彼に対して失礼なような気がした。

一博の部屋が散らかっていることは、ある程度は予想していた。けれど、実際に訪れてみると、それはわたしの予想をはるかに超えていた。

壁際にはたくさんの段ボール箱などが天井すれすれまで積み上げられていて、少しの地震でも崩れ落ちそうだった。窓の前も同じような状態で、その窓から外をみることは不可能だった。フローリングの床の上には、数え切れないほどたくさんの書籍や雑誌やDVDなどが散乱していた。

彼は元々が物を捨てられない性格らしかった。その上、いろいろなものを蒐集《しゅうしゅう》する癖があったから、物は増えていく一方のようだった。

鉄道模型や航空機の模型、ビニール製の怪獣、アニメの美少女たちのフィギュア、LPレコード、ワインやウィスキーのグラス、陶製のぐい飲みやおちょこ、世界中のトランプ、高価ではないけれどデザインが豊富なスイス製の腕時計……わたしと出会うまでの一博は、暇さえあればそれらを集めていたようだった。

バルコニーにはブルーシートで覆われた山のようなものがあった。彼によれば、それはコレクションの一部のシャンパーニュの空き瓶のようだった。

わたしが来る前に、彼は少しでも体裁を整えようと、床に散らかっているものを部屋の片隅に集めたり、床にクリーナーをかけたり、散乱していたスナック菓子の空き袋や食べ終えた弁当やカップ麺《めん》を捨てたりしたようだった。

それにもかかわらず、室内はまさに『足の踏み場もない』という言葉がうってつけだった。

「散らかってて、ごめん。でも、結婚するまでにはある程度は整理するからね」

満面の笑みでわたしを招き入れた一博が言った。

わたしは微笑もうとした。けれど、顔が強張《こわば》って微笑むことができなかった。


一博がわたしに紅茶を淹《い》れてくれようとした。けれど、わたしはそれを断り、ソファに積み上げられたものを脇に押しのけ、その隅に浅く腰を下ろした。

「それで、奈々ちゃん、わざわざここに来て話したいことって何なんだい？」

ソファではなく、床にあぐらをかいて座った一博がわたしを見つめた。

「あの……カズさん、落ち着いて聞いてね」

そう断ってから、わたしは何度か唇を舐《な》めた。そして、深呼吸を繰り返してから、一博に婚約を破棄したいという話を切り出した。

「嘘だろ……そんなこと……嘘だろ……」

赤らんだ丸顔をぶるぶると震わせて、呻《うめ》くように一博が言った。

そのことに、わたしは凄《すさ》まじいまでの自己嫌悪を覚えた。わたしには一博の今の気持ちが、痛いほどよくわかったから。

「ごめんなさい。カズさん……ごめんなさい」

わたしは言った。ほかに言うべきセリフが見つからなかった。

「奈々ちゃん、あの……理由を……理由を聞かせてくれ。今になって……いったい、どうしてなんだ？　いったい……あの……僕のどこが気に入らなかったんだ？」

顔を強張らせた一博が、ひどく上ずった声で訊いた。その小さな目には涙が浮かんでいた。あくびをした時以外に、彼の涙を目にしたのは初めてだった。

「カズさんに非はないの。何もかも、わたしのせいなの。わたしだけのせいなの」

顔を俯《うつむ》かせてわたしは言った。

「どういうことなんだ？　奈々ちゃん、僕が納得できるよう、ちゃんとわけを聞かせてくれ。そうでないと、こんな話……とてもじゃないけど、受け入れられないよ」

俯いているわたしの耳に、一博の声が届いた。

「何も訊《き》かないで、カズさん。お願いだから……何も訊かないで」

呻くようにわたしは言った。慎之介のことを口にするつもりはなかった。それは絶対にできなかった。

「もしかしたら……奈々ちゃん、あの……もしかしたら、ほかに男ができたのかい？」

身を乗り出すようにして一博が言った。

その言葉に、わたしはゆっくりと顔を上げた。

すぐ前にある一博の顔が、ぼんやりと霞《かす》んで見えた。いつの間にか、わたしの目にも涙が浮かんでいたようだった。

一博の目からは涙が流れ落ちていた。そんな彼を見ているのは辛かった。

「そうなんだね？　奈々ちゃんには僕のほかに、好きな人ができたんだね？」

わたしの目を覗《のぞ》き込むように見つめた一博が、挑むような口調で言った。

彼の目には怒りがあった。苛立《いらだ》ちがあった。そして、憎しみがあった。

「違うわ……違う……そうじゃないの」

いやいやをするかのように、わたしは顔を左右に振った。わたしの目からも涙が溢《あふ》れ、ファンデーションを塗っていない頬を伝って流れ落ちた。

「だったら、何なんだっ！　いったい何が原因なんだっ！」

苛立ったような大声をあげ、一博が両手で髪を掻《か》き毟《むし》った。いつも穏やかで落ち着いている彼の、そんな姿を目にしたのは初めてだった。

その後は堂々巡りのような話し合いが長く続いた。一博は何とかして、わたしを変心させようとした。

「奈々ちゃん、考えを変えてくれよ。結婚式には会社の上司や部下たちも来るんだ。親《しん》戚《せき》だってたくさん来る。そんな人たちに、婚約を破棄されたなんて言えないよ。だから、奈々ちゃん、考え直してくれ。頼む。この通りだ」

そう言って、一博は何度もわたしに翻意を迫った。最後は土下座までした。

「やめて。土下座なんてしないで。土下座をするべきなのは、わたしのほうなのよ」

いたたまれないような気持ちでわたしは言った。

わたしがその部屋を訪れてから二時間ほどが経過した頃に、一博はついに婚約の破棄に同意してくれた。

「わかったよ。奈々ちゃんがそんなに嫌だって言うなら、諦《あきら》めるしかないよ。無理やり結婚しても、お互いにいいことは何もないからね」

目を真っ赤にした一博が力なく言った。わたしを見つめる彼の目は、今も怒りや憎しみに満ちていた。

「ごめんなさい、カズさん。許してちょうだい」

わたしは一博に深く頭を下げた。

その後のわたしたちは、ほとんど二ヶ月後に迫っている婚約を破棄するにあたっての事務的なことを話し合った。

結婚式場と新婚旅行のキャンセルはわたしがすることにした。新婚旅行にはキャンセル料がかからなかったが、式場のほうはそれが必要だった。その費用はわたしが払うことにした。一博は「折半しよう」と言ったが、彼にその負担をさせる道理はなかった。

わたしは彼の両親に謝罪しに行くつもりでいた。土下座でもなんでもして、ふたりに許しを請うつもりだった。けれど、一博は「その必要はないよ」と言ってくれた。

それはわたしにはありがたかった。彼の両親が嘆き悲しむ顔を見たくなかった。善良なあのふたりから、怒りや憎しみのこもった目で見られたくなかった。

一博に多大な迷惑をかけた慰謝料として、わたしはかなりの額を支払うことにした。一博は「受け取れない」と言ったけれど、受け取ってもらわなくてはわたしの気が済まなかった。わたしは彼にとてつもなく悪いことをしたのだから、その代償は支払うべきだった。

結局、後日、わたしがそのお金を彼の銀行口座に振り込むことで同意した。わたしにはそんな額の預金はなかったから、銀行や消費者金融から借りるつもりだった。

最後にわたしは婚約指輪を一博に返した。彼は悲しそうな顔をしたけれど、何も言わずにそれを受け取ってくれた。

「カズさんがわたしにすごくよくしてくれたのに、こんなことになっちゃってごめんなさい。何を言われても許すことはできないと思うけど、あの……本当にごめんなさい」

その部屋を出る前に、わたしはまた深く頭を下げた。

「やっぱり、理由は聞かせてもらえないんだね？」

玄関で靴を履いたわたしに一博が訊いた。

「カズさんは何も悪くないのよ。悪いのはわたしなの」

わたしはまたその言葉を繰り返した。

「ということは、やっぱりほかに好きな人ができたんだね？　そうなんだね？」

疲れたような顔をした一博が言った。その目からはいつの間にか、怒りと憎しみが消えているように見えた。

わたしは一博の小さな目を見つめた。それから、顎《あご》を引くようにして頷《うなず》いた。

「やっぱり、そうだったのか……」

「ごめんなさい……カズさん……ごめんなさい」

わたしは謝罪の言葉を繰り返した。ほかに言うべき言葉が見つからなかった。

「いいんだ。理由がわかって、何ていうか……あの……すっきりとしたよ」

力なく一博が言った。

「すっきりした？」

「ああ。奈々ちゃんが僕の求婚を受け入れてくれてから、僕はずっと、夢を見ているような気がしてたんだ。僕みたいに不細工な男が、奈々ちゃんみたいな素敵な人と結婚できるなんて、僕にも信じられなかったんだ。だから、長い夢から覚めたみたいな気がして、何だかすっきりした気分でもあるんだよ」

サバサバとしたような口調で一博が言った。「短いあいだだったけど、奈々ちゃんの婚約者になれてよかったよ。僕は幸せだった。だから、奈々ちゃんも幸せになってね」

赤らんだ顔を歪《ゆが》めるようにして一博が笑った。

その顔を目にした瞬間、止まったと思った涙がまた溢れ出た。

9

一博の部屋から自宅に戻った時には、わたしは立っていられないほどに疲れ切っていた。それでも、自室に入るとすぐに、LINEを使って婚約を破棄したことを慎之介に伝えた。慎之介には何も言っていなかったから、それを読んだら飛び上がるほど驚くに違いなかった。

予想した通り、メッセージを送信した直後に、慎之介から電話がかかってきた。日曜日の彼はアルバイト先のドラッグストアで、昼から深夜まで勤務しているはずだった。

『奈々ちゃん、本当なの？　本当にカズさんとの婚約を破棄してくれたの？』

スマートフォンからひどく興奮した慎之介の声が聞こえた。

「ええ。本当よ。婚約を破棄して、自分の部屋に戻ってきたところよ」

少し沈んだ声でわたしは言った。明るい声を出そうとしたのだけれど、たった今、悲嘆に暮れている一博のことを考えると、明るくすることなどできるはずもなかった。

『奈々ちゃん、これからそっちに行っていい？』

わたしの心とは裏腹に、慎之介はとても嬉《うれ》しそうだった。

「これから？　いいけど、慎之介、バイト中じゃないの？」

『店長に頼んで、早退させてもらうよ』

「そこまでしなくていいわよ」

今はなぜか、慎之介には会いたくない気分だった。彼に会いたくないと思ったのは、もしかしたら、これが初めてかもしれなかった。

『嫌だ。今すぐ奈々ちゃんの顔を見に行く。いいね？　一時間以内に行くから待っててね』

それだけ言うと、わたしの返事も聞かずに慎之介は電話を切ってしまった。

スマートフォンを手にしたまま、わたしはぼんやりと壁を見つめた。

そして、わたしはまた一博のことを考えた。きっと彼は今、四年前のわたしと同じ気持ちでいるのだ。絶望に支配され、何も手につかずにいるのだ。

それを考えると、わたしの気持ちはどんどん沈んでいった。

慎之介が来るのだったら着替えをしなければならなかったし、化粧もしなくてはならなかった。きょうのわたしは白い木綿のブラウスに、飾り気のないベージュのパンツという地味な装いをしていた。化粧はリップルージュだけだった。

けれど、着替えをする気にも、化粧をする気にもなれなかった。

電話で言った通り、慎之介は一時間としないうちにやってきた。飛び込むように部屋に入ってきた慎之介が、「奈々ちゃん、ありがとうっ!」と叫びながら、わたしの体を痛いほど強く抱き締めた。

それまでわたしは一博のことを考えて、しんみりとした気分でいた。けれど、慎之介から抱き締められた瞬間、込み上げる喜びに身を震わせた。

「奈々ちゃん、好きだよ……好きだ……好きだ……大好きだ……」

うわ言のように繰り返しながら、慎之介がさらに強くわたしを抱き締めた。そして、わたしの唇を荒々しく貪《むさぼ》り、ブラウスの上から乳房を揉《も》みしだき、最後にはわたしをベッドの上に乱暴に押し倒した。

「待って、慎之介……ちょっと待って……先に……先に話をしたいの」

声を喘《あえ》がせて、わたしは訴えた。

けれど、慎之介はわたしの訴えを無視して、荒々しくブラウスを脱がせ、ベージュのパンツを脚から引き剝《は》がすようにして脱がせ、飾り気のない木綿のブラジャーを無造作に押し上げた。そして、剝《む》き出しになった乳房に顔を埋《うず》め、飢えた赤ん坊のように左右の乳首を貪った。

もはやわたしには何も考えられなかった。股間《こかん》がとめどなく潤んでいくのがわかった。次の瞬間、わたしは両手で慎之介の髪を鷲摑《わしづか》みにし、力任せに彼に顔を上げさせた。そして、自分は首をもたげ、すぐ目の前にあった慎之介の唇に自分のそれを乱暴に重ね合わせた。ふたりの歯がカチカチという硬質な音を立ててぶつかりあった。

10

その晩、わたしは狭いベッドに慎之介と並んで横になった。わたしたちはどちらも全裸のままだった。

この部屋に来てから、三度もわたしを抱いた慎之介は、わたしのすぐ脇で気持ちよさそうな寝息を立てていた。そんな慎之介の隣で、わたしは天井の暗がりを見つめていた。慎之介と激しく交わっていた時には忘れていた一博に対する罪悪感が、わたしの中にまた蘇《よみがえ》っていた。

そう。悪いことなど何ひとつしていない一博に、わたしはとてつもない悲しみを与えてしまったのだ。彼をひどく傷つけ、地獄の底に突き落としてしまったのだ。

一博の心の傷が癒《い》えるまでには、きっととても長い時間が必要なはずだった。いや、もしかしたら、彼はその傷を永遠に抱えて生きていくことになるのかもしれなかった。一博にそんな思いをさせているというのに、わたしだけが幸せでいいはずはなかった。

こんなことが許されていいはずはなかった。

ああっ、きっと罰が当たる。わたしはきっとこの報いを受けることになる。

そんなことを考え続けながら、慎之介の隣でわたしは何度も寝返りを繰り返した。三度にわたって荒々しく犯されたせいで、股間が疼《うず》くような痛みを発していた。

「どうしたの、奈々ちゃん？　眠れないの？」

いつの間にか目を覚ましていたらしい慎之介が訊《き》いた。

「ごめん。起こしちゃったね」

暗がりにぼんやりと浮かんだ慎之介の顔を見つめてわたしは言った。

「何を考えてたの？　カズさんのこと？」

「ええ。わたし……あの人をひどく傷つけてしまったの」

「奈々ちゃんのせいじゃないよ。悪いのは僕なんだ。奈々ちゃん、ごめんね」

わたしの体を自分のほうに抱き寄せた慎之介が、囁《ささや》くように言った。湿ったその息が、わたしの頰を優しく撫《な》でた。

「ありがとう、慎之介。でも、悪いのはわたしなの」

「そんなことない。奈々ちゃんは何も悪くない」

そう言いながら、慎之介がわたしに体を重ね合わせてきた。ひんやりとしたわたしの体とは対照的に、彼の体は熱いほどの熱を発していた。

「重たいわ。何をするつもり？」

「もう一回するんだよ」

慎之介が笑った。こんな暗がりでも、その笑顔はとても可愛らしかったし、美しかった。

「嘘でしょう？」

「本気だよ」

「今夜はもうふらふらよ。だから、許して」

「ダメだよ。許さない」

そう言った直後に、慎之介が唇を重ね合わせ、剝き出しになったわたしの乳房を揉みしだき始めた。

今夜はこれが四度目だというのに、たちまちにして快楽が込み上げてきた。わたしはその快楽に身を任せようとした。

快楽……快楽……快楽……。

快楽は嫌なことをすべて忘れさせてくれる、魔法の薬のようなものだった。

すぐに慎之介がわたしの胸に顔を埋めた。そして、左右の乳首を音を立てて吸いながら、わたしの股間に伸ばした指先でそこを刺激し始めた。

取り戻したんだ。わたしは慎之介を取り戻したんだ。

凄《すさ》まじいまでの快楽に突き動かされながら、わたしは強い喜びを覚えていた。

もはや望みは何もなかった。

第五章

1

ほとんど二ヶ月後に迫った婚約を破棄したことによって、さまざまな面倒ごとが発生した。その多くの面倒ごとを、わたしは努めて事務的に処理し続けた。

けれど、両親への報告は事務的にはいかなかった。

求婚を受け入れた直後に、わたしは一博を実家に連れて行っていた。

初めて一博を目にした瞬間、母はギョッとしたような顔になり、何か言いたそうにわたしの顔をまじまじと見つめた。

美男子の父と結婚したことでもわかるように、母は面食いで、一博の容姿にひどくたじろいでしまったようだった。

そんな母とは対照的に、父のほうは一博を気に入ったらしく、「わがままな娘ですが、よろしくお願いします」と言って深々と頭を下げていた。父はわたしの結婚をとても喜び、孫が生まれるのを楽しみにしているらしかった。

わたしが電話で一博との婚約を破棄したと告げると、電話に出た母はひどく驚き、責めるかのような口調でわたしにその理由を問いただした。

「わたしのせいなの。すべてはわたしの身勝手なのよ」

わたしは母にそんな言葉を繰り返した。

一博と同じように、母はほかに好きな人ができたのかと執拗《しつよう》に尋ねた。

「そうなんでしょう？　奈々、あんた、ほかに好きな人ができたんでしょう？　それ以外に考えられないわ」

母の声は怒りに震えているように感じられた。

その指摘は図星だった。けれど、わたしは慎之介のことは口にしなかった。それを言ったら、話がややこしくなるに違いないと思ったから。

母だけでなく、父もまた、わたしが婚約を破棄したことにどうしても納得できないようで、一博に別れを告げた翌週の日曜日に、ふたりでわざわざ上京してきた。

「一博さんのどこが気に入らないんだ？　お前にはもったいないようないい人じゃないか」

わたしの部屋にやって来た父が、困ったような顔をして言った。

「そうよ。奈々、考え直しなさい」

母も父と同じ考えのようだった。「確かに、一博さん、見た目はあんなだけど……でも、立派な大学を出てるし、一流企業で働いていて収入も安定しているし、穏やかで優しいし……お母さんには、今になって奈々が結婚できないっていう理由がわからないわ」

「ごめんなさい。でも、わたし、カズさんとはどうしても結婚できないの」

「だから、その理由を聞かせなさい。ほかに好きな人ができたんでしょ？　そうなんでしょ？」

苛立《いらだ》ったように母が言った。

「そうなのか、奈々？　そんな人がいるのか？」

複雑な顔をした父が訊いた。

「違うわ。そんなんじゃないの」

「だったら、何なのよ？　親には言えない理由でもあるの？」

眉《まゆ》を吊《つ》り上げて母がわたしを見つめた。

けれど、わたしはやはり、慎之介のことは何も言わなかった。


わたしが婚約を破棄してからの慎之介は、毎日のようにわたしの部屋にやって来て、そのたびにわたしの体を何度も執拗に貪《むさぼ》った。

慎之介は実家を出て、わたしと暮らしたいと言っていた。わたしもまた、慎之介にずっとそばにいてもらいたいと望んでいた。けれど、大学に入学する時に契約したわたしの部屋は本当に狭かったから、そこにふたりで住むのは難しかった。

できることなら、もう少し広い部屋に引っ越して慎之介と暮らしたかった。けれど、金銭的な理由からそれは難しそうだった。一博に慰謝料を支払ったことで、わたしはかなりの借金を背負っていた。消費者金融は金利が高かったから、月々の返済は大変だった。

慰謝料と養育費の支払いとで、慎之介も借金まみれという状態だった。彼もまた銀行だけでなく、消費者金融のお世話になっていた。無責任で能天気な慎之介は、自分の借金についてそれほど深刻には考えていないようだった。彼は借金の返済をするために、新たな借金をするという馬鹿らしいことを繰り返していた。

慎之介のその借金と、自分のそれとを返すために、そして、ふたりの新居となる部屋を借りるために、わたしは再び水商売のアルバイトを考えるようになった。けれど、二十九歳になった今では、以前のキャバクラで働くことはできそうもなかった。四年前に辞めた時でさえ、わたしはあの店の女たちの中では最年長だった。

キャバクラではなく、ほかの店で働くことも考えた。けれど、昼の仕事が終わってから未明まで水商売をするというのは、肉体的に簡単ではなさそうだった。

ああでもない、こうでもないと考えながら、わたしはインターネットを使ってアルバイトを探し始めた。

わたしが探していたのは、短時間の労働で高額の報酬を得られるような仕事だった。

できることなら、昼の勤務が終わったあとの数時間をアルバイトのために費やしたかった。

けれど、短時間で高収入が得られるような都合のいい仕事が、簡単に見つかるはずはなかった。

風俗店で働くことも考えた。考えるだけでゾッとするようなことだったが、背に腹は変えられなかった。風俗店にはいろいろな種類があったけれど、どの店も合法だったから、客と性行為をする必要はないようだった。

だが、たとえ風俗店で働いたとしても、わたしが望むほどの収入を得られるかどうかは疑問だった。さらには、風俗店で勤務したとしても、自宅に戻れるのは日付が変わってからになってしまいそうだった。

どうしたらいいんだろう？

わたしは悶々《もんもん》と考え続けた。

インターネットの裏サイトで『皐月倶楽部』の存在を知ったのは、そんな時のことだった。

2

『皐月倶楽部』は出張売春婦を派遣している非合法の組織だった。

自分が体を売ることなんて、考えてみたことすらなかった。だから、最初は忘れてしまおうとした。法に触れるようなことをするのは、わたしの性分には合わなかった。けれど、『皐月倶楽部』で得られるという報酬は、慎之介と自分の借金に頭を悩ませていたわたしには魅力的だった。わたしは喉《のど》から手が出るほどお金を欲していたのだ。それほどまでお金が欲しいと感じたのは、生まれてから初めてだった。

何日も考えた末に、わたしはようやく意を決し、『皐月倶楽部』にコンタクトしてみた。意外なことに、その組織を運営していたのは女で、五十嵐《いがらし》皐月という名のようだった。

わたしがメールを送るとすぐに、五十嵐皐月の名で返信が来た。そこには履歴書を持参して面接に来るようにと書かれていた。

そして、わたしは五十嵐皐月の面接を受けるために、銀座《ぎんざ》の外れにある『皐月倶楽部』の事務所に行った。一博との婚約を破棄して十日ほどがすぎた八月半ば、とても暑い土曜日の午後のことだった。

あの日のわたしは入念な化粧を施し、ミニ丈のノースリーブのワンピースを身につけ、とても踵《かかと》の高い洒落《しゃれ》たパンプスを履き、たくさんのアクセサリーを光らせていた。そんな格好をしていったほうが採用されやすいだろうと考えてのことだった。

そう。あの時すでに、わたしは体を売ると決めていた。慎之介のためなら、どんなことでもしようと思っていたのだ。

売春クラブのような組織を運営しているのは、きっとロクでもない女なのだろう。もしかしたら、ヤクザの女なのかもしれない。いずれにしても、まともな人間ではないのだろう。

銀座の街を歩きながら、わたしはそんなふうに考えていた。

けれど、その予想はあっけなく裏切られた。雑居ビルの中のこぢんまりとした事務所にわたしを迎え入れたのは、毅然《きぜん》とした雰囲気を漂わせた、美しい中年女だった。

あの日の五十嵐皐月はグレイのスーツを身につけていた。スカート丈が短くて、仕立ての良さそうなスーツだった。わたしと同じように、彼女も恐ろしく踵の高いパンプスを履いていた。知的で上品な顔には、キャバクラ時代のわたしがしていたような濃密な化粧が施されていた。ダークブラウンに染められた長い髪には、柔らかなウェイブがかけられていた。

歳は五十前後なのだろう。五十嵐皐月はとてもほっそりとした体つきをしていて、ウエストが細くくびれていて、手足がすらりと長かった。長い手の爪は赤いエナメルに彩られていた。痩《や》せてはいたが、その胸はかなり豊かだった。

「いらっしゃい、平子さん。お待ちしていました」

微笑まずに女が言った。

女はとても堂々としていて、そのことがわたしをひどく怖気《おじけ》させた。

あの日、女に勧められ、わたしは事務所の片隅にあった黒い革製のソファに膝《ひざ》を揃えて姿勢よく腰を下ろした。そんなわたしの向かい側のソファに、女は長い脚を組んで座った。座ったことによって、タイトなスカートが大きくせり上がり、太腿《ふともも》のほとんどすべてが剝《む》き出しになった。

五十嵐皐月の脚は、脹《ふく》ら脛《はぎ》が引き締まっていて、足首がとても細くて、同性のわたしでさえ思わず見つめたくなるほどに美しくてなまめかしかった。女の右足首には、プラチナ製らしき細いアンクレットが巻かれていた。オープントゥーのパンプスの先端から覗《のぞ》く女の足の爪には、青いエナメルが塗り重ねられていた。

わたしが差し出した履歴書を、女は数分のあいだ無言で凝視していた。わたしはその履歴書にキャバクラで四年ほど働いていたことを書いていた。

やがて女が履歴書から顔を上げ、黒いアイラインに縁取られた大きな目でわたしの顔を見つめた。女の睫毛《まつげ》にはマスカラがたっぷりと塗り重ねられていた。

「平子さん、あなた、これまでに売春をしたことはあるの？」

単刀直入な質問に、わたしはわずかにたじろいだ。

「いいえ。あの……ありません」

「処女っていうことはないんでしょう？」

「あの……違います」

「男性経験は何人？」

微笑むこともなく、女がまたしても単刀直入に訊《き》いた。

「あの……ふたりです」

「そのふたりはどんな人？」

わたしの目を真っすぐに見つめて、五十嵐皐月がずけずけと質問を続けた。

「ひとりは恋人で、もうひとりは婚約者だった人です」

「婚約者だった？　その婚約は破棄したの？」

「昔の恋人とよりを戻すために、十月に予定していた婚約を十日ほど前に破棄しました」

ためらうことなく、わたしは正直にそう答えた。不思議なことに、五十嵐皐月という女の目を見ているうちに、何もかもを話してしまいたいような気持ちになっていたのだ。

「ここで働こうと思ったのはお金のためなの？」

やはりほんの少しの笑みを浮かべることもなく、女がさらに質問を続けた。ルージュに彩られた唇のあいだから覗く歯は不自然なほどに白かった。

「そうです。お金のためです」

「平子さん、借金があるの？」

「はい。あります」

わたしはまた正直に答えた。その女に隠すべきことは、何もないような気がした。

「どこに借金をしているの？」

「銀行と消費者金融です」

「借金の総額はいくらぐらいなの？」

わたしはまたしても正直に、自分の借金の総額を女に告げた。

「そんなにたいした借金じゃないわね」

「はい。わたし自身の借金だけなら、今の仕事だけをしていても、いつか返せるとは思うんですが……あの……恋人にも借金があるんで、その返済もしてあげたいんです」

「平子さん、その男に随分と入れ込んでいるのね。その男はいったい何をしているの？」

「大阪の製薬会社に勤務していたのですが、離婚して東京に戻ってきて、今はドラッグストアで販売員のアルバイトをしています。別れた妻への慰謝料と、子供の養育費で、彼は借金まみれなんです」

わたしが答え、引き締まった長い脚を静かに組み替えながら女が黙って頷《うなず》いた。

「その男、そんなに素敵な人なの？」

少し呆《あき》れたような顔で五十嵐皐月が訊いた。

「はい。そうです」

わたしは胸を張って答えた。慎之介を取り戻せたことが誇らしかったのだ。

「ところで、平子さん、体を売る覚悟は本当にできているの？」

わたしの目を覗き込むかのように見つめて女が訊いた。

「はい。できています」

わたしは即答したけれど、その覚悟が本当にできているのかどうかは、わたしにもよくわからなかった。体を売るということが、今も現実的には感じられていなかったのだ。

「わかった。それじゃあ、すぐにでも働いてもらいます」

「あの……採用してもらえるんですか？」

「もちろんよ。平子さん、これからよろしくお願いしますね」

真っ白な歯を覗かせて女が笑った。彼女の笑みを見たのは、それが初めてだった。

3

わたしに採用を言い渡してから、五十嵐皐月が自己紹介をした。

彼女は五十歳で、かつては銀座のクラブを経営していたらしかった。『皐月倶楽部』を始めたのは五年ほど前で、事務員の女をひとりだけ雇っているが、組織の運営は五十嵐皐月がひとりでしていて、暴力団などにはいっさい関わりがないということだった。

今、『皐月倶楽部』には五十数人の女たちが出張売春婦として在籍しているようだった。

「あの……その女の人たちは、どんな人たちなんでしょう？」

おずおずとした口調でわたしは訊いた。見ず知らずの男たちに体を許すことを本当に仕事にするのだと決めたことで、現実感が徐々に湧いてきて、わたしは怯《おび》えのようなものに包み込まれていた。

「いろいろな人がいるけど、それは平子さんには教えられないわ。働いている女の子たちのことは、誰にも言えないの。会員の男の人たちにも絶対に教えない。だから、平子さんも安心していいのよ」

女が言い、わたしは顔を強張《こわば》らせて頷いた。

その後は彼女が主宰している高級出張売春クラブのシステムを説明してくれた。

『皐月倶楽部』は会員制で、会員には身元がしっかりとした人物であることと、それなりの資産を保有していることが求められた。『皐月倶楽部』の入会にあたっては多額の保証金が必要だったし、月々の会費もかなりの額だった。

会員たちが女を買おうとする時には、厳重にセキュリティ管理がされた『皐月倶楽部』のサイトにアクセスし、そこに掲載されている出張売春婦たちの写真やプロフィールを見て女を選ぶ。女を選んだら、その女に来てもらいたい時間と場所を入力する。

「仕事はどこでするんですか？」

膝の上で両手を強く握り合わせて、わたしはおずおずと尋ねた。

「たいていは都内の高級ホテルよ。自分の家に呼び出す人は少ないけど、時々はいるわね。クラブの品格と安全面を考えて、ラブホテルを使うことは禁止しているの」

女が言い、わたしは小さく頷いた。

会員が女を選び終えると、今度は五十嵐皐月がメールや電話で売春婦たちに連絡を取る。そして、売春婦たちの同意が得られれば、そのことを会員にメールで知らせる。すると会員が前金で代金を振り込むというシステムのようだった。

会員が『皐月倶楽部』に支払うお金は定額ではなく、女たちを拘束する時間や、プレイの内容によって細かく分かれているようだった。いずれにしても、売春婦たちの銀行口座には仕事を終えた翌日の午前中に、前日の報酬が振り込まれるということになっていた。

「ほとんど指名をされない子もいなくはないけど、平均すると、皐月倶楽部に所属している女の子たちは、月に五日前後の指名を受けているわ」

「月に五日……ですか？」

「うん。でも、月に十回以上指名されている子も何人もいるの。だから、平子さんもたくさんの指名がもらえるように頑張ってね」

採用を決めてからの女の口調は、とても親しげなものに変わっていた。

「あの……会員はどういう人たちなんですか？」

やはりおずおずとわたしは尋ねた。女の話を聞いているうちに、「売春をする」ということがいよいよ現実として迫ってくる感じがして、わたしはひどく緊張し始めていた。

「いちばん多いのは会社の経営者たちね。それから、医者とか弁護士もたくさんいるわ。官僚もいるなあ。あとは政治家とか芸能人とかプロ野球やサッカーの選手たち、それから……最近は外国人も多いわね。ほとんどが男の人だけど、女性も何人かいるわ」

「女の人もいるんですか？」

「ええ、そうよ。でも、みんなちゃんとした人たちで、この五年間で大きなトラブルは一度もないの。だから、平子さん、あまり心配しなくてもいいのよ」

わたしの向かいに座った五十嵐皐月が、また脚を組み替えながら微笑んだ。その笑顔はとてもチャーミングで可愛らしかった。


一通りの説明が済むと、事務所の隣の小部屋に移り、サイトに載せるための写真撮影をされた。顔写真と水着姿の写真で、外から戻ってきた事務員の小林《こばやし》という女がデジタルカメラを使って撮影してくれた。

小林さんは若くて化粧の濃い女で、美人ではなかったけれど、とても感じのいい人だった。白い水玉模様が入った黒いビキニの水着は、その小林さんが用意してくれた。

かつて慎之介と付き合っていた頃には、夏になるたびにわたしは彼が選んだビキニを着て海やプールに行ったものだった。慎之介はセクシーなデザインのビキニが好みだったから、わたしはいつもそういう水着を身につけていた。あの頃は夏になるたびに小麦色に焼けて、わたしの体にはビキニの跡がいつもくっきりと残っていたものだった。

「平子さん、すごく細いんですね。ダイエットでもされているんですか？」

わたしにカメラを向けた小林さんが言った。彼女はとても気さくで明るかった。

「ダイエットはしていません。太らないたちなんです」

わたしは嘘をついた。ダイエットのことは、誰にも知られたくなかった。

それを聞いた小林さんが、「いいなあ。羨《うらや》ましい」と言って、濃く化粧が施された顔に人懐こそうな笑みを浮かべた。

「スレンダーな女の子が好みだっていう男の人たちは少なくないから、平子さんにはいいお客さんがつくかもしれないわね」

「そうですか？」

「ええ。そう思うわ」

わたしの全身を、値踏みするかのように見つめた五十嵐皐月が言った。冷房の利いた部屋で水着姿になったことで、寒がりのわたしの皮膚は鳥肌に覆われていた。

「それから、チップをくれる会員さまがたくさんいると思うんだけど、それはわたしに報告せず、平子さんがもらっちゃっていいのよ。気に入ってもらえると、その会員の人がリピーターになってくれるはずだし、そういうリピーターの会員を何人も抱えていて、ものすごく稼いでいる子も何人もいるのよ」

「ものすごく……ですか？」

わたしは訊《き》いた。体を売るのは怖かったけれど、稼げるというのは魅力的だった。

「ええ。チップを別にしても、月に百万円以上も稼いでいる子が何人もいるわ。だから、平子さんも頑張ってね」

わたしの目を真っすぐに見つめて五十嵐皐月が言った。

その言葉にわたしは深く頷いた。

4

売春に携わることは慎之介には言わなかった。彼にはただ、「月に何度か仕事のあとで、三、四時間のアルバイトをすることにした」と言っただけだった。

慎之介に嘘をついたのは罪悪感からだった。彼以外の男に体を許すということは、慎之介に対して申し訳が立たないような気がしたのだ。

「月に何度か、三、四時間だなんて……そんな条件で働かせてくれるところがよく見つかったね。奈々ちゃん、またキャバクラで働くの？」

スマートフォンでゲームをしながら、たいして関心がなさそうに慎之介が訊いた。

「キャバクラじゃないけど……何ていうか……まあ、似たようなことね」

「そうなんだ？　奈々ちゃん、大変そうだけど、頑張ってね」

スマートフォンから顔を上げずに慎之介が言った。

わたしが体を売るという大きな決断をしたというのに、彼はドラッグストアで店長から毎日のように残業を頼まれていることに、いつもぶつぶつと文句を言っていた。慎之介は本当に能天気で、お気楽な性格の男だった。

慎之介の態度に、わたしはイラっとしかけた。けれど、結局、何も言わなかった。

惚《ほ》れた弱みだ。しかたがない。


最初の依頼が届いたのは、面接を受けた翌日の夜だった。

五十嵐皐月から電話が来た時、わたしは夕食の支度中で、慎之介は入浴中だった。

覚悟をしていたはずなのに、『平子さん、早くも指名が来たのよ』という五十嵐皐月の言葉を耳にした瞬間、わたしは震え上がった。

「あの……もう指名が来たんですか？」

『ええ、そうなの。平子さんの写真をサイトにアップしたのは今朝だったのに、こんなにも早く指名があるなんて……正直、わたしもすごく驚いたわ。平子さん、もしかしたら、すごい売れっ子になるかもしれないわね』

興奮したような口調で五十嵐皐月が言った。

どう返事をしていいかわからず、わたしは無言で頷《うなず》いた。

そんなわたしに向かって、女が言葉を続けた。

『あしたの夜、九時に新宿に来て欲しいっていう依頼なんだけど、どう、平子さん？　あした、九時に新宿に行けそう？』

「あしたの夜の九時ですね？　あの……大丈夫です」

動揺していることを悟られないように、努めて落ち着いた口調でわたしは言った。

『よかったわ。ありがとう。それじゃあ、平子さん、初仕事、頑張ってね』

そう言うと、女がわたしに新宿に聳《そび》える高級ホテルの名前を告げた。

あまり親しくなかった大学時代の友人の結婚式に出席するために、わたしもそのホテルに行ったことがあった。

「はい。頑張ります」

音がするほど強くスマートフォンを強く握り締めてわたしは言った。その声がわずかに上ずっているのがわかった。

五十嵐皐月との電話を終えた直後に、慎之介が「奈々ちゃん、上がったよーっ」と大声で言いながら、黒いボクサーショーツだけの姿で浴室から出てきた。きょうはドラッグストアのアルバイトがない日で、彼は数時間前にこの部屋に来ていた。

「換気扇、ちゃんとつけた？」

「つけたよ。あれっ、すごく怖い顔をしてるけど……何か困ったことでもあったの？」

わたしの顔を見つめた慎之介が訊いた。

「ううん。何もないよ」

慎之介を見つめ返してわたしは笑った。その笑みはひどく強張《こわば》っているはずだった。

だが、鈍いところのある慎之介はそれに気づかなかった。

5

その日の朝、わたしは着替えや靴や化粧道具の詰まったキャリーバッグを引いて自宅を出た。そして、そのキャリーバッグを渋谷駅のコインロッカーに入れてから、勤務先へと向かった。

ふだんのわたしはめったにミスをしない。けれど、今夜のことを考えると、何をしていても落ち着かず、きょうはつまらないミスをいくつもしてしまった。

終業時刻になるのが怖かった。夜になるのが恐ろしかった。

仕事をしながら、わたしは何度となくスマートフォンを手に取った。五十嵐皐月から客の予約がキャンセルになったという連絡がくるのを待っていたのだ。

けれど、キャンセルの連絡がくることがないまま、たちまちにして終業の時刻が訪れた。午後五時過ぎに重い足取りでオフィスを出たわたしは、渋谷駅のコインロッカーからキャリーバッグを取り出した。そして、そのキャリーバッグを引いて電車に乗り、新宿に聳え立つ一流ホテルへと赴いた。

目的地のホテルに着くと、一階のトイレの個室でミニ丈の派手なワンピースに着替え、踵《かかと》の高いパンプスを履き、たくさんの派手なアクセサリーを身につけた。

五十嵐皐月がアンクレットをつけていたことを思い出し、今夜はわたしも左の足首に華奢《きゃしゃ》なプラチナのアンクレットを巻いた。アンクレットなんて、実に久しぶりのことだった。

その後は、洗面台の前に立って時間をかけて化粧を施し、髪を丁寧に整えた。慎之介とよりを戻してからのわたしの手足の爪には、いつもエナメルが塗り重ねられていたから、ここでマニキュアを塗る必要はなかった。

最後に、わたしは甘い香りの香水をたっぷりとつけた。そして、娼婦《しょうふ》に変わった鏡の中の女を見つめ、顔を歪《ゆが》めるようにしてその女に笑いかけてからトイレを出た。

考えちゃダメよ、奈々。嫌なことなんて、あっという間に終わるのよ。

指定された十六階の客室に向かいながら、わたしは何度も自分にそう言い聞かせた。けれど、恐怖は募る一方だった。心臓が猛烈なスピードで鼓動し、全身がどうしようもなく震えていた。胃がキリキリと痛み、強い吐き気が喉元《のどもと》まで込み上げてきた。

五十嵐皐月から聞かされたところによれば、五十数人の出張売春婦たちのリストからわたしを選んだ会員は、五十代後半の男性医師で、都内で産婦人科のクリニックを経営しているということだった。

『平子さんの初めてのお客様が上原《うえはら》さんでよかったわ。上原さんは皐月倶楽部の開業当初からの会員さんで、すごく上品で優しい男の人だし、変なことや乱暴なことは絶対にしないから、そんなに心配しなくていいのよ』

五十嵐皐月からの電話で、わたしはそう聞かされていた。今夜の客の『上原』という名は偽名のようだった。

指定された午後九時ぴったりに、十六階の客室のドアの前に立ったわたしは、その場で何度か深呼吸を繰り返した。怖くて頭がおかしくなりそうだったけれど、今さら逃げ出すわけにはいかなかった。

頑張りなさい、奈々。慎之介のためにも頑張るのよ。

怖《お》じける自分に、わたしは懸命にそう言い聞かせた。それから、木製のドアに脚を震わせて近づき、シルバーメタリックのマニキュアに彩られた手で恐る恐るノックした。

数秒後に、ドアの向こうから「はい」という男の声が聞こえた。

恐怖が最高潮に達し、わたしはその場にうずくまってしまいそうになった。けれど、うずくまることなく、わたしはドアの向こうに立っているらしい男に話しかけた。

「あの……皐月倶楽部から来た朱美と申します」

『朱美』というのは、わたしが自分でつけた名前だった。高校生だった頃、わたしに意地悪ばかりする女子生徒がクラスにいて、わたしは彼女のことを心の底から嫌っていた。その女子生徒の名前が『工藤朱美』だった。

ここで男に弄《もてあそ》ばれるのは、わたしではなく工藤朱美なのだ。底意地の悪いあの工藤朱美が、これからここで男に凌辱《りょうじょく》されるのだ。

わたしはそう考えることで、何とか心のバランスを保とうとしていた。

6

わたしが名乗った直後に、目の前のドアがゆっくりと引き開けられた。

ドアの向こうに立っていたのは、上品で優しそうな顔をした痩《や》せた中年男だった。男はさりげなさを装いながらも、わたしの体を上から下まで素早く見まわした。それから、ドアの外に首をそっと突き出し、ほかには廊下に誰もいないことを確かめてから、「入って」と言ってわたしを室内に招き入れた。

上原という男は、五十代の後半だと聞いていた。けれど、長身ですらりとした体つきをしているせいか、少し伸びた黒髪がふさふさとしているせいか、その年よりずっと若く見えた。男はグレイのズボンに半袖《はんそで》のワイシャツ姿で、ネクタイは締めていなかった。

戸口に立ったまま、わたしは素早く室内を見まわした。

会員たちのほとんどはかなりの資産家で、その大半が高級ホテルの客室に女たちを呼ぶと五十嵐皐月から聞いていた。スイートルームを使う会員も少なくないということだった。十六階に位置するその部屋もまた、リビングルームとベッドルームとが別になったスイートタイプのようだった。

わたしが立っているのはリビングルームのほうで、広々とした部屋の中央に大きなテーブルと何脚かの椅子があり、部屋の隅のほうには洒落《しゃれ》たファブリックの張られたソファのセットが置かれていた。床には洒落たカーペットが敷き詰められ、そのあちらこちらに置かれた大きな花瓶で色とりどりの花が咲いていた。リビングルームには大きな窓がいくつもあって、その窓から無数の光に彩られた夜の新宿が一望できた。

「あの……朱美です。今夜はよろしくお願いいたします」

わたしはもう一度名乗ってから、男に向かって深く頭を下げた。ストッキングに包まれた脚が今も細かく震えていた。

「上原といいます。朱美さん、そんなにかしこまらなくてもいいですよ。こちらこそ、今夜はよろしくお願いします」

上原と名乗った産婦人科医が笑いながら言った。上品なその顔に浮かんでいたのは、やはりとても優しげで、朗らかな笑みだった。


その日、リビングルームと隣り合った広々としたベッドルームの大きなベッドの上で、上原と名乗る中年の産婦人科医にわたしは抱かれた。

『皐月倶楽部』の常得意だという上原は、女の扱いに慣れているようだった。彼はわたしの婚約者だった男のように焦ることなく、時間をかけてわたしを裸にしてから、その体を隅々まで愛撫《あいぶ》した。

「朱美さん、すごくスレンダーなんだね」「贅肉《ぜいにく》なんて、ひとかけらもないね」「ああっ、綺麗《きれい》だ。すごく綺麗でセクシーな体だ」

そんな言葉を口にしながら、男はわたしの体をゆっくりと、入念に刺激し続けた。そのやり方はたぶん、巧みなのだろう。男は本当に慣れている感じだった。だが、それにもかかわらず、わたしはまったく快楽を覚えなかった。それどころか、男の愛撫を受けているあいだずっと、強烈な嫌悪感と屈辱感に苛《さいな》まれ続けていた。

それでも、わたしはその男に気に入られたい、彼にいいお客さんになってもらいたいという一心から、慎之介の愛撫を受けている時のように派手な喘《あえ》ぎ声をあげ、何度も身を仰《の》け反らして淫《みだ》らに悶《もだ》えてみせた。慎之介の愛撫を受けている時に自分がどんな声を出し、どんなふうに身を悶えさせているのかはわかっていたから、その時と同じように振る舞えばいいだけのことだった。

「朱美さんはすごく感度がいいんだね。皮下脂肪の少ない女たちは、たいてい感度がいいんだよ。だから、わたしは痩せた女が好きなんだ」

わたしの体を執拗《しつよう》にまさぐり続けながら、男がとても嬉《うれ》しそうに言った。彼はわたしが演技をしていることには、少しも気づいていないようだった。

いよいよ上原が挿入してきた時には、さらなる屈辱と嫌悪を覚えた。慎之介に対する罪悪感も覚えた。

それでも、わたしは努めて頭の中を空っぽにし、慎之介との行為の時の自分の姿を思い出しながら淫らな声をあげ、男の背を抱き締めたり、その皮膚に爪を立てたり、腰を浮かせたりして喘ぎ悶えてみせた。

その晩、上原は二度にわたってわたしを抱いた。オーラルセックスも二度求めた。硬直した男性器に体を貫かれている時も、それを口に深々と押し込まれている時も、わたしは正気を失ってしまうほどの屈辱を覚えた。罪悪感もあったし、自己嫌悪にも苛まれた。

それでもその晩、わたしは娼婦《しょうふ》としての初めての仕事をどうにかやり遂げた。

再び衣類を身につけて部屋を出ようとするわたしを、上原が笑顔で呼び止め、「朱美さん、これはチップです」と言って封筒を差し出した。

「お気遣い、ありがとうございます」

差し出された封筒を両手で受け取りながら、わたしは深く頭を下げた。

「いいんですよ。気にしないでください。ところで、朱美さん、昼間は何をされているんですか？　あの……答えたくなければ、答えなくても結構ですけど」

優しげな笑みを浮かべて男が言った。

「あの……普通の会社で、簡単な事務の仕事をしています」

わずかに目を伏せ、ためらいがちに、わたしはそう答えた。

「そうですか。会社に行く時にも、こんなふうにしっかりとお化粧をされて、こんなワンピースを着るんですか？」

「いいえ。お化粧はごく薄くしかしていきません。会社では制服に着替えるので、格好もいい加減なんですよ」

どうしてそんなことを訊《き》くのだろうと思いながらも、わたしは正直に答えた。

「そうですか。だったら、次に来ていただく時には、会社に行く時と同じような格好をしてきてください。朱美さんにはそのほうが似合うような気がします」

優しい笑みを浮かべたまま男が言った。

「はい。わかりました」

わたしも笑みを浮かべてそう答えた。その産婦人科医がまたわたしを指名してくれそうなことが嬉しかったのだ。


最初の予定では、ホテルのトイレで着替えてから自宅に戻るつもりだった。けばけばしい格好で電車に乗りたくなかったから。

けれど、男の部屋を出た時には身も心も疲れ切っていて、一階のトイレには行ったけれど、着替えをする気力は湧かなかった。ただ、便器の前で身を屈《かが》め、喉《のど》の奥に指を深く突っ込んで、男から嚥下《えんげ》させられた精液を吐き出しただけだった。

トイレを出たわたしは電車に乗る元気もなく、ホテルの前からタクシーに乗り込んだ。

タクシーの後部座席で、上原から手渡された封筒を開いてみた。驚いたことに、そこには『皐月倶楽部』から支払われる今夜のわたしの報酬より多い額の紙幣が入っていた。

ほんのちょっと我慢するだけで、こんなにもたくさんのお金が稼げるんだ。

サイドウィンドウに映っている娼婦の顔を見つめてわたしは思った。

今夜、上原と会うまでは、娼婦として働くのはこれが最初で最後になるかもしれないと考えていた。娼婦になると決めてはみたものの、わたしには耐えられないかもしれないとも思っていたのだ。

確かに、体を売るというのは、とてつもなく辛《つら》いことだった。それでも、封筒の中の紙幣を目にした瞬間、わたしはこれからもこのアルバイトを続けようと心に決めた。

そう。その瞬間、わたしは本当の娼婦になったのだ。

7

夏が終わって秋が来た。わたしは焼肉チェーン店の事務員として働きながら売春の仕事を続けた。

五十嵐皐月が予言した通り、『皐月倶楽部』で働き始めてすぐに、わたしはかなりの売れっ子になった。平均すると週に三日以上、わたしは高級ホテルの一室で、『皐月倶楽部』の会員たちに抱かれた。二日連続、三日連続というのは珍しくないことで、七日も続けてホテルに呼び出されたこともあった。同じ日の夜にふたりの会員から指名を受け、どちらか一方を断ったことも何度かあったし、最初の会員の相手をしたあとでタクシーに乗り込み、別の会員が待つホテルに向かったことも二度ほどあった。

五十嵐皐月が言っていたように、『皐月倶楽部』には女の会員もいた。そんな女のひとり、桜田《さくらだ》という五十歳前後の女がわたしを頻繁に指名した。桜田はショートカットのボーイッシュな雰囲気の女で、身長が百七十センチ以上あった。どんな仕事をしているのかは知らないが、裸になった桜田の体は筋肉質で、女子プロレスラーかと思うほどだった。

女と全裸で抱き合うということに、最初はかなりの抵抗を感じた。桜田に女性器を舐《な》めるように命じられた時には、泣きたいような気にさえなった。

けれど、それにもすぐに慣れた。人はどんなことにも慣れてしまうものなのだ。桜田は会うたびに高額のチップをくれたから、わたしにとっては大切なお客さんだった。

あとになって思えば、娼婦としてわたしが初めて相手をした上原という産婦人科医は、かなり質のいい客だった。その後、わたしはたくさんの客に呼ばれたけれど、上原ほど優しくて上品な男はひとりもいなかった。

それでも、客の多くが少なからぬ額のチップをくれたし、『皐月倶楽部』からの報酬もかなりの額だったから、わたしはそのお金で慎之介と自分の借金をせっせと返済した。『皐月倶楽部』で働くようになって二ヶ月足らずで、わたしは自分の分の借金をほぼ完済し、あとは慎之介の借金を返すだけになった。

最初の客である上原は、わたしのことをひどく気に入ったようで、毎週のようにわたしをあのホテルに呼び出した。

ほかの客に呼ばれた時には、特に指定がない限り、わたしは派手に装い、けばけばしい化粧を施していく。けれど、上原と会う時にはうっすらとしか化粧をせず、地味な格好をしてホテルへと向かった。

最初の頃、五十嵐皐月はわたしのスマートフォンに電話をかけてきた。けれど、わたしが電話ではなくメールで連絡をして欲しいと伝えてからは、スマートフォンにメールをしてくれるようになっていた。

五十嵐皐月からはいろいろな時間に指名のメールが届いた。焼肉チェーン店の社長室で、社長に報告をしている時に、売春の依頼がきたこともあった。


慣れてきたとはいえ、売春でお金を稼ぐというのは、肉体的にも精神的にもとても辛いことだった。仕事を終えて自宅に戻った時には、いつも、目を開けていることさえ辛いほど疲れ切っているのが常だった。

体の疲れはある程度、休息をすることで癒《いや》すことができる。けれど、心の疲れはいつまでも取れず、わたしの中に少しずつ堆積《たいせき》していった。特に、横柄な会員たちの相手をしている時には、屈辱感から心が折れてしまいそうになることもあった。上原のような紳士的な会員は少数派で、会員たちの多くがわたしを奴隷か家畜のように手荒く扱うのだ。

それでも、慎之介の借金を完済し、ふたりの新居となる部屋を借りるまでは、わたしは体を売り続けるつもりだった。

そんなわたしの唯一の心の支えは、慎之介と会ったり、電話で話したりすることだった。慎之介にもドラッグストアのアルバイト販売員という仕事があったから、毎日、会うことはできなかった。けれど、電話では毎日、必ず話をした。

会っている時にも電話で話をしている時にも、慎之介は例の甘えたような口調で何度もわたしの名を呼んだ。

『奈々ちゃん』『奈々ちゃん』『奈々ちゃん』

慎之介から名前を呼ばれるたびに、わたしは強い喜びを覚えた。そして、そのたびに、自分のしていることが間違っていないのだと感じた。

慎之介とよりを戻してからのわたしは、髪の長い女が好きな彼のために、また髪を伸ばし、その髪をダークブラウンに染めていた。

昨夜、その慎之介が電話で『奈々ちゃん。実は大切な話があるんだ』と言った。

いつもとは違って、その口調が真剣で、わたしは思わず身構えた。真剣な顔をした慎之介の口から出てくる言葉は、たいていはロクでもないことばかりだったから。

「大切な話って、何なの？」

スマートフォンを握り締めてわたしは訊いた。わたしは永田町《ながたちょう》のホテルで会員の相手をして、たった今、自宅に戻ったばかりだった。

今夜の会員はわたしの上得意のひとりである、井上《いのうえ》という初老の男だった。井上はとても穏やかだけれど、オーラルセックスが大好きだったから、今夜もわたしは彼の性器を一時間近くも口に押し込まれてへとへとになっていた。

『うん。あの……何ていうか……あの……すごく大切な話だから、あさっての土曜日に、会ってからちゃんと話すよ』

耳に押し当てたスマートフォンから、とても言いにくそうな慎之介の声が聞こえた。

あさっての土曜日は、本来なら一博とわたしが結婚式を挙げる日だった。

「何なの、慎之介？　気になるから、今すぐに話して」

少し強い口調でわたしは言った。

『でも……あの……』

「それじゃあ、これだけ聞かせて。慎之介の話は、わたしにとっていい話なの？　それとも、悪い話なの？」

『そうだね。ええっと……何ていうか……やっぱり、あさって、会ってからちゃんと話すよ。電話じゃなく、ちゃんと会って話したいんだよ。それじゃ、奈々ちゃん、あさってね。おやすみ』

それだけ言うと、慎之介はわたしの言葉を待たずに電話を切ってしまった。

わたしはすぐに電話をかけようとした。けれど、そうはせず、手にしたスマートフォンをぼんやりと見つめた。

8

その翌日、わたしは焼肉チェーン店での事務の仕事を終えてから、衣類やパンプスや化粧道具などが詰まったキャリーバッグを引いて、帰宅する人々で混雑する東横《とうよこ》線に乗った。これから横浜のみなとみらい地区へと向かい、そこで会員の相手をするつもりだった。

これまでわたしは都内以外の場所で会員と会ったことはなかった。神奈川県や千葉県、埼玉県のホテルへ呼ばれたことも何度かあったのだが、いつも五十嵐皐月に断ってもらっていたのだ。

会員の指名を断るのは、もったいないような気もした。けれど、事務員としての仕事が終わってから遠方に赴き、そこからまた都内の自宅に戻って来るというのはあまりにも過酷だった。

それでも、今夜は初めて、都内以外の場所で会員に会うことにした。その会員がばら撒《ま》くという高額のチップに魅せられてのことだった。

おととい、五十嵐皐月からの指名のメールを受けた直後に、わたしは彼女に電話をかけた。その会員のことを、彼女の口からじかに聞きたかったのだ。

五十嵐皐月から届いたメールによれば、今夜、わたしを指名した林田《はやしだ》という男は、まだ三十代半ばという年齢にもかかわらず、かなりの資産を有しているようで、ホテルに呼びつけた女たちにいつもたくさんのチップを渡すということだった。

そう。林田という会員はかなり気前のいい男のようだった。

わずか一度の呼び出し音の後で、スマートフォンから『こんばんは、平子さん』という五十嵐皐月の声が聞こえた。

「こんばんは、五十嵐さん。今、電話、大丈夫ですか?」

『ええ、大丈夫よ。平子さんが電話をくれるなんて、珍しいわね』

五十嵐皐月が明るい声で言い、わたしは彼女の毅然《きぜん》とした美しい顔を思い浮かべた。

「はい。林田さんっていう会員さんのことをもっと知りたくて……あの……林田さんは本当にたくさんのチップをくれる人なんですか?」

単刀直入にわたしは尋ねた。売春をしているのはお金だけのためだったから、それを知りたいと思うのは当然のことだった。

『会員さんが女の子たちに渡すチップについては、わたしは無関係なんだけど、皐月倶楽部の女の子たちからはそんな報告をいくつか受けてるわ。林田さんは信じられないほどたくさんのチップをくれる人なんだって』

「そうですか。だったら、わたし、横浜に行きます」

わたしは言った。少しでも早く慎之介の借金を完済し、少しでも早くこの世界から足を洗いたかった。

『ありがとう、平子さん。でも、少し考えたほうがいいかもしれないわよ』

「何を考えるんですか？」

『このわたしが、会員さんの悪口を言うべきじゃないのかもしれないんだけど……』

いつも歯切れのいい五十嵐皐月が、少し言いにくそうに言った。『でも、あの……林田さんはたくさんのチップをくれるけど、うちの女の子たちに、何ていうか……いろいろと無理を強いるらしいのよ』

「どんな無理を強いるんですか？」

わたしはスマートフォンを握り締めた。

『うん。あの……女の子たちの目の前でお金をチラつかせて、何て言うか……女の子たちがしたくないようなことを無理強いするみたいなのよ』

やはり言いにくそうに五十嵐皐月が言った。

「そうですか。それで、あの……林田さんがばら撒くっていうチップの額は、あの……いくらくらいなのでしょうか？」

わたしは訊《き》いた。わたしの関心事はそれだけだった。

『それは人によって違うと思うけど、ある女の子が林田さんから一晩で五十万円のチップをもらったって聞いたことがあるわ』

それを聞いた瞬間、わたしは心を決めた。

「行きます。林田さんに行くと伝えてください」

『平子さん、本当にいいの？　五十万円のチップをもらった子は、もう林田さんからの指名は絶対に受けないって言っているのよ。その子、五十万円じゃ見合わないほど嫌な目に遭ったらしいの』

「でも、その女の人は、半殺しにされたり、大怪我をさせられたりしたわけじゃないんですよね？」

『ええ。まあ、そんなことは……あの……されていないみたいだけど……』

「だったら、行きます。行かせてください」

強い口調でわたしが言い、五十嵐皐月が戸惑ったような口調で、『わかったわ。それじゃあ、平子さん、お願いします』と言った。


横浜へと向かう電車は超満員で、立っているのが辛《つら》かった。

実は今朝から体がだるく、悪寒が全身を覆っていた。もしかしたら、風邪をひいたのかもしれなかった。

焼肉チェーン店での事務仕事の合間に熱を計ってみたら、体温計が三十七度を表示していた。平熱が三十五度少ししかないわたしにとって、三十七度というのはかなりの高熱だった。仕事をしているうちに頭痛も始まったし、喉《のど》も痛くなり始めた。

体のだるさと絶え間ない悪寒に耐えられず、会社の休み時間にわたしは近くのドラッグストアで鎮痛剤を買って飲んだ。そのことによって、だるさと頭痛はいくらか消えたけれど、悪寒と喉の痛みはなくならなかった。

わたしは何度となく五十嵐皐月に連絡をしようと考えた。けれど、結局、そうしなかった。男がくれるという高額のチップに目が眩《くら》んでいたのだ。

頑張るのよ、奈々。頑張ってやり遂げるのよ。それがあんたと慎之介のためなのよ。

吊《つ》り革にしがみつくように摑《つか》まり、募り続ける悪寒と頭痛と喉の痛みに耐えながら、わたしは何度も自分にそう言い聞かせた。

9

鎮痛剤が切れてきたらしく、地下鉄に乗っているうちに悪寒はますます激しくなってきた。きっと熱が上がっているのだろう。喉もさらに痛くなってきたし、頭痛は耐え難いほどになり始めていた。

みなとみらい駅で地下鉄を降りて地上に出ると、辺りには潮の香りが噎《む》せ返るほど濃密に立ち込めていた。好きだったはずの潮の香りが、今夜はやけに鼻についた。

横浜ではこれからあしたの朝にかけて、まとまった雨が降るという予報だった。地下鉄の中でも傘を手にした人の姿を何人か見かけた。けれど、わたしが地上に出た時にはまだ雨は降っておらず、空を覆った雲のわずかな隙間からいくつかの星が瞬いているのが見えた。

港のほうから吹いてくる風は、湿り気を帯びていて、かなりひんやりとしていた。熱のあるわたしはその風の冷たさに凍えながら、目的地に向かってゆっくりと歩いた。

今夜、林田という男がわたしを呼びつけたのは、横浜港のすぐ脇に聳《そび》え立つ三日月型をしたホテルの一室だった。五十嵐皐月によれば、林田の部屋は横浜港が一望にできるスイートルームのようだった。

腕時計の針は午後八時を指そうとしていた。約束の時刻は九時だったから、まだ時間の余裕はたっぷりとあった。三日月型のホテルに着くと、わたしはトイレに直行し、寒さに震えながらその個室で着替えをした。

派手な装いをして来てもらいたいという林田からの求めに応じて、今夜、わたしがキャリーバッグに詰めて持参したのは、とても鮮やかなショッキングピンクのワンピースで、胸から上の部分が剝《む》き出しになったベアトップタイプのものだった。

ベルベット素材のそのワンピースは、これまでにも売春の仕事をする時に何度か着たことがあった。その服は体にぴったりと張りつくようで、丈が極端に短かったから、歩く時には下着が見えてしまわないよう充分に気をつけなければならなかった。

そのワンピースを着る時にはたいていそうしているように、今夜も、わたしは真っ白なパンプスを履いた。踵《かかと》の高さが二十センチほどもあるエナメルのパンプスで、ハイヒールに慣れているわたしでさえかなり歩きにくいものだった。

肩と腕と二本の脚を剥き出しにしたことによって、わたしは寒さに震え上がった。計ってはいないけれど、熱はさらに上がっているようで、頭痛は刻々と激しくなっていった。喉もヒリヒリとし始めた。

その頭痛と喉の痛みに耐えられず、わたしは規定量の三倍の鎮痛剤を服用した。そして、化粧を終えてトイレを出る前に、洗面台の上の鏡に映った娼婦《しょうふ》の顔を見つめ、『頑張るのよ、奈々。何としてでもやり遂げるのよ』と自分に言い聞かせた。

わたしが二十五階にあるその部屋のドアをノックしたのは、約束の午後九時ぴったりだった。このホテルの客室階の最上階は、この二十五階のようだった。

「誰だ？」

ドアの向こうから男の声がした。それはかなり威張った口調に聞こえた。

「皐月倶楽部の朱美と申します」

わたしが返事をした直後に、ドアが勢いよく開けられた。その瞬間、客室の中から溢《あふ》れ出た空気が、剝き出しの腕や肩や脚に絡みついた。

ドアを開けたのは、五十嵐皐月から聞いていた通り、三十代の半ばに見える男だった。白いバスローブを羽織ったその男は、プロレスラーのように大きな体をしていた。顔立ちは整っていたが、目つきが冷たくて、意地が悪そうだった。日常的にゴルフでもするのだろう。男の顔は真っ黒に日焼けしていて、バスローブから覗《のぞ》く腕や脛《すね》も黒く日焼けしていた。

「あの……林田さまですね？」

笑みを浮かべてわたしが訊いたが、男は返事をしなかった。魚市場で仲買人が魚の品定めでもするかのように、わたしの全身を不躾《ぶしつけ》に見まわしただけだった。

「林田さまで、あの……間違いないですね？」

わたしはもう一度、微笑みながら男に尋ねた。

「おい、お前、何様だと思ってるんだ？　娼婦の分際で、俺に質問をするな」

怒りのこもった目でわたしを睨《にら》みつけ、極めて横柄な口調で男が言った。

「はい。申し訳ありません」

強い屈辱を感じながらも、わたしは小声でそう答えて頭を下げた。悪くもないのに頭など下げたくなかったが、金蔓《かねづる》に違いないその男の機嫌を損ねるわけにはいかなかった。

「入れ。ぐずぐずするな」

挑戦的な目でわたしを睨みつけたまま、ひどく横柄な口調で男が命じ、わたしは「お邪魔します」と言いながら、パンプスの踵をぐらつかせて室内に足を踏み入れた。きょうは肌寒ささえ感じる日だったというのに、その部屋には強い冷房がかかっていた。

部屋に入った瞬間、わたしはひどく驚いた。明るくて広々としたリビングルームに、ほかにふたりの男がいたからだ。男たちはどちらも白いバスローブ姿で、その裾《すそ》から剝き出しのふくら脛《はぎ》が突き出していた。

「あの……林田さま。失礼ですが、この方々は、あの……何のために、ここにいらっしゃるのでしょう？」

ひどくうろたえながら、わたしは尋ねた。こんなことは、これまでに経験したことが一度もなかった。

「娼婦の分際で質問をするなと言ったのが聞こえなかったのか？　この馬鹿女がっ！」

目を吊り上げ、苛立《いらだ》ったように男が言った。その口から唾液《だえき》が飛ぶのが見えた。

「はい。でも……あの……」

わたしは微笑もうとしたが、どうしてもできなかった。

「口答えをするなっ！」

男が大声で怒鳴った。

「あっ、はい……すみません」

わたしは反射的に謝罪した。胸の中にはさらに強い屈辱が広がっていった。

「今夜はあんたに、ここで三人を相手にしてもらう。できるな？」

一段と横柄な口調で男が言った。

「そんな……あの……それは困ります。そんなこと、聞いていません」

反射的に後ずさり、左右に顔を振りながらわたしは言った。

うろたえているわたしを、部屋にいたほかのふたりが好色な目つきで見つめていた。

そのひとりは背の高いひょろりとした男で、肩まで伸びた髪を金色に染めていた。もうひとりは相撲取りのように太った大きな男だった。その男の髪は短く刈り込まれていた。金髪のノッポは三十歳前後に見えた。短髪の相撲取りのほうはわたしと同じくらいか、少し年下に感じられた。

「そうか？　断る気か？」

絡みつくような視線をわたしの全身に向けながら男が言った。

「はい。それはできません。せっかく指名していただいたのに、申し訳ありませんでした」

わたしはぺこりと頭を下げた。わざわざ横浜まで来たのに骨折り損のくたびれもうけだったが、断る以外に選択肢はなかった。

トイレを出る時に規定量の三倍も飲んだ鎮痛剤は、まだまったく効いていないようで、全身を覆った悪寒はさらに強くなっていた。頭は割れそうに痛かったし、喉《のど》の痛みは唾液を飲み込むことさえ辛《つら》いほどになっていた。

「ふーん。そうなんだ？　だったら、これならどうだ？」

そう言うと、男がバスローブのポケットに手を入れた。そして、そのポケットから紙幣の束を取り出し、それをわたしのすぐ目の前に突き出した。「百万ある。これでどうだ？」

「あの……それは、あの……」

目の前に突き出された紙幣の束には、都市銀行の名前の入った帯が巻かれていた。その札束と意地悪そうな男の顔を交互に見つめてわたしは唇を噛《か》み締めた。

「どうなんだ？　やるのか？　それとも、このまま手ぶらで帰るのか？」

わたしに札束を突き出したまま、男が脅すかのような口調で返答を迫った。

無意識のうちに、わたしは室内に視線をさまよわせていた。この話を受けるべきか、このまま部屋を出ていくべきかで、ひどく迷っていたのだ。

これほど体調の悪い時に、三人の男たちに……それも横柄で、意地が悪そうで、極めて性欲が強そうな男たちに、代わる代わる犯されるなんて……身の毛がよだつほどに恐ろしかった。それでも、今、林田が手にしている紙幣の束は魅力的だった。

「返事をしろっ！　やるのか？　やらないのか？」

黙っているわたしに向かって、林田が大声をあげた。

「あの……百万円をいただけるのでしたら……あの……やらせていただきます」

ついにわたしはそう答えた。

そう。わたしは金の魔力に屈したのだ。

わたしの返答を耳にした三人の男が、満足げな笑みを浮かべて頷《うなず》いた。鏡のように磨き上げられた大理石の床に、男たちのシルエットがくっきりと映っていた。

10

洒落《しゃれ》たテーブルやソファのセットや、ライティングデスクなどが置かれたリビングルームは本当に広々としていた。

その部屋にはいくつもの窓があり、七色の光を撒《ま》き散らしている巨大な観覧車がすぐそこに見下ろせた。観覧車の向こうには息を呑《の》むほどに美しい夜の横浜港と、そこを行き来している何艘《そう》もの船が見えた。大さん橋にマンションのように大きな豪華客船が停泊しているのも見えたし、山下《やました》公園も氷川《ひかわ》丸もマリンタワーもよく見えた。

こんな部屋に慎之介とふたりで泊まったら、どんなにロマンティックだろう。この部屋のベッドで慎之介の愛撫《あいぶ》を受けたら、どんなに素敵だろう。

頭の片隅で、わたしはぼんやりとそんなことを考えた。

けれど、それ以上のことを考えることはできなかった。

わたしが百万円の札束をバッグに入れるのを待ちかねたかのように、林田が真っすぐわたしに向かってきた。林田はいきなりわたしを抱き締めると、ルージュに彩られた唇を荒々しく貪《むさぼ》りながら、ワンピースの上から左の胸を乱暴に揉《も》みしだいた。

「うっ……むっ……」

わたしはとっさに目を閉じ、身を悶《もだ》えさせて呻《うめ》きを漏らした。

快楽などどこにもなかった。そこにあったのは強い怒りと屈辱感だけだった。

林田は貪るかのようなキスを続けながらワンピースの裾を捲《まく》り上げ、薄い化繊のショーツの上からわたしの尻《しり》をいやらしく揉んだ。その後はショーツの中に深々と手を押し込み、まだ少しも潤んでいない女性器に背後からじかに触れた。

「あっ、いやっ！　やめてっ！　やめてくださいっ！」

首を仰《の》け反らして男の唇から逃れ、わたしは必死で訴えた。

けれど、その訴えに何の意味もないということは、わたしにもよくわかっていた。

林田がワンピースをさらに捲り上げ、体に張りつくようなそれをわたしから剝《は》ぎ取った。わたしはわずかに争ったが、その抵抗はほとんど意味をなさなかった。

ワンピースを脱がされたことによって、わたしは白くて小さな化繊のショーツと、レースで飾られたショルダーストラップのない白いブラジャー、それに白いエナメルのパンプスだけの姿になってしまった。

わたしは慌てて股間《こかん》を押さえた。今夜のショーツの生地はとても薄くて、性毛がくっきりと透けて見えているはずだったから。

「あんた、ホントに細いんだな。こんなに痩《や》せた女を見たのは初めてかもしれない」

わたしを解放した林田が、下着姿のわたしをまじまじと見つめて言った。意地悪そうな顔には、極めて好色な表情が浮かんでいた。

「あの……林田さま、冷房を止めていただくわけにはいきませんか？　わたし、あの……寒さにとても弱くて……」

わたしは必死で訴えた。けれど、その言葉は男の耳には届かなかったようだった。

次の瞬間、林田がわたしの胸に無造作に右手を伸ばした。そして、白いブラジャーのカップの部分を鷲掴《わしづか》みにし、それを力任せに引っ張った。

ビリッという音がしてブラジャーの背後のストラップが千切れ、一瞬にして左右の乳房が剝《む》き出しになった。

「あっ、いやっ！　乱暴はやめてくださいっ！」

反射的に何歩か後退《あとずさ》り、わたしは両腕で胸を隠した。いつも会員たちに乳房を晒《さら》しているとはいえ、複数の男たちに同時に見られたのは初めてだった。

「乱暴はやめてください。お願いです」

そう訴えながら、わたしは左右を見まわした。そこでは金髪のノッポの男と、相撲取りのような体つきをした短髪の男が、わたしをスマートフォンで撮影していた。

「やめてください。撮影は困ります」

胸を押さえたまま、わたしは必死で訴えた。

「金を払えばいいんだろう？」

さっき林田がしたように、今度は金髪のノッポがバスローブのポケットに手を入れた。そして、そこから数枚の一万円札を取り出し、それを小さく丸めてからわたしの足元に乱暴に投げつけた。その隣では短髪の相撲取りが、金髪のノッポとまったく同じことをしていた。

「拾えよ。拾って数えてみろ」

今度は短髪の相撲取りが言い、わたしは強烈な屈辱を覚えながらも身を屈《かが》め、足元に落ちた丸められたふたつの紙幣を拾い上げた。

片手で胸を押さえたまま、わたしは丸められたふたつの紙幣を順番に広げた。

それぞれが十枚の一万円札だった。つまり、林田から受け取った分を合わせると、すでに百二十万円ものチップをもらったという計算だった。

多額のチップをくれる会員はこれまでにも何人もいた。けれど、一晩のうちにこれほど高額のチップを受け取ったことは、ただの一度もなかった。

「それでいいな？　撮影をするぞ。その手を下げろ。言われた通りにしろ」

一段と意地悪な目つきになった林田が言った。

わたしは顔を強張《こわば》らせたまま小さく頷いた。そして、左右の手に丸められた十枚の一万円札を握り締めたまま、乳房を押さえていた二本の腕をゆっくりと下に降ろした。

そう。わたしはまたしても金の魔力に屈したのだ。

「ちっちゃい胸だな。ガキみたいだな」

金髪のノッポが下卑た笑みを浮かべて言った。

「うん。確かにガキの胸を見てるみたいだけど、乳首だけはでっかいな」

今度は短髪の相撲取りが言い、それを聞いた林田が愉快そうに笑った。今では林田もスマートフォンでわたしの体を撮影していた。

わたしは顔を強張らせて奥歯を噛み締めた。

全身を包み込む悪寒に、わたしは体を震わせ続けていた。いや……震えているのは、悪寒のためばかりではなかったかもしれない。

11

丸められた二十枚の一万円札をわたしがバッグに収めた直後に、白いバスローブ姿の林田が再びわたしの前に歩み寄ってきた。林田は乳房を剝き出しにしたわたしと向き合うように立つと、わたしの目を覗《のぞ》き込むかのように見つめた。

わたしのパンプスの踵《かかと》が二十センチ近くあるせいで、わたしたちの目の高さはほとんど同じだった。

「なんだ、その顔は？　娼婦《しょうふ》の分際で、文句があるのか？」

林田が言った。その息がわたしの顔に吹きかかった。

「いいえ……ありません」

わたしは小声で答えた。自分では見ることはできなかったが、わたしの顔はひどく強張っていたに違いなかった。

「そうだよな。これだけもらっておいて、文句があるわけはないよな。よし、それじゃあ、手始めに口でやってもらおう。跪《ひざまず》け」

極めて横柄な口調で林田が命じた。

「あの……林田さま……その前に冷房を弱くしていただけませんか？」

「跪けと言ったのが聞こえなかったのか？」

「でも、あの……わたし、寒くて……」

わたしはなおも訴えた。本当に寒くてたまらなかったのだ。悪寒と頭痛と喉《のど》の痛みに加えて、今では強い吐き気も込み上げていた。

「跪けっ！　言われた通りにするんだっ！」

男が苛立《いらだ》ったような大声を出した。そして、筋肉質な太い腕をわたしのほうに伸ばし、肩より少し長くなったダークブラウンの髪を抜けるほど強く鷲摑みにした。

体を売る仕事でのわたしは、実に頻繁に屈辱を覚えた。けれど、これほどの屈辱を受けるのは初めてのような気がした。いつの間にか、わたしの目には涙が浮かんでいた。

「跪けっ！　早くしろっ！」

男がまた怒鳴った。

もはやわたしに選択肢はなかった。ここでのわたしは性の奴隷でしかなかった。

林田に髪を摑まれたまま、わたしは膝《ひざ》を折るようにして腰を屈めた。そして、ひどく凍えながらひんやりとした大理石の床に跪き、シルバーメタリックに彩られた冷たい指で、林田が着ているバスローブの合わせ目をゆっくりと左右に広げた。

そのことによって、ほとんど真上を向いてそそり立った巨大な男性器がグロテスクな姿を現した。男は下着を身につけていなかった。

わたしが男性器を口に含むとすぐに、髪を鷲摑みにした林田が、わたしの顔を前後に荒々しく打ち振らせ始めた。

頭が揺さぶられるたびに、わたしは猛烈な頭痛に苛《さいな》まれた。けれど、わたしにできたのは、その凄《すさ》まじい頭痛に耐えることだけだった。

男はわたしの顔を手前に引き寄せると同時に、自分は腰を前方に突き出していた。

ずん……ずん……ずん……ずん……。

石のように硬直した巨大な男性器が、わたしの喉を何度も荒々しく突き上げた。

慎之介は会うたびに、わたしにオーラルセックスをさせた。会員の男たちの多くも、わたしにそれを求めた。けれど、これほどまで乱暴に口を犯されるのは初めてだった。

わたしのすぐそばには、金髪のノッポと短髪の相撲取りがいて、オーラルセックスを強いられているわたしの横顔を、間近からスマートフォンで撮影していた。

喉を突き上げる衝撃のあまりの激しさに、わたしは思わず男性器を吐き出し、身をよじって咳《せ》き込んだ。口から溢《あふ》れた唾液《だえき》が、大理石の床に糸を引いて滴り落ちた。胃が激しく痙攣《けいれん》し、今にも嘔吐《おうと》してしまいそうだった。

「お前、プロの売春婦なんだろ？　これぐらいのことで咳き込んでどうするんだ？　さっさと続けろ」

わたしの髪を鷲摑みにしたまま林田が冷たく命じた。

「待ってください。林田さま、あの……少しだけ待ってください」

口から唾液を滴らせながら、わたしは頭上を見上げた。鬼のような形相になった林田の顔が、涙で滲《にじ》んで見えた。

「いいから咥《くわ》えろっ！」

苛立ったように言うと、林田が唾液に光る男性器をわたしの口に押し当てた。

「ちょっと待ってください。お願いします」

わたしが言ったその瞬間、林田が右手を高く振り上げた。そして、その手を勢いよく振り下ろし、わたしの左の頰をしたたかに打ち据えた。

ピシャッという音とともに顔が完全に真横を向き、大理石の床の上に唾液が飛び散った。磨き上げられたその床を、大きなピアスが転がっていくのが見えた。

その一撃で、わたしは脳震盪《のうしんとう》を起こし、ひんやりとした床に倒れ込んでしまった。左の耳がまったく聞こえなくなり、口の中にゆっくりと血の味が広がっていった。

けれど、いつまでも横たわっていることはできなかった。林田がわたしの髪を摑《つか》んで、力ずくで体を起こさせたのだ。髪が何本も抜けるのがわかった。

「続けろっ！　続けるんだっ！」

朦朧《もうろう》となって身を起こしたわたしの口に、男性器を押しつけて男が命じた。

わたしにできたことは、口を開き、目を閉じ、涙を溢れさせながら再びそれを口に含むことだけだった。

すぐに男がまた激しくわたしの口を犯し始めた。そのことによって、また凄まじい頭痛が襲いかかってきた。

中途半端な形に口を開いているために、顎《あご》の関節がおかしくなってしまいそうだった。首と肩の筋肉が張り詰め、鋭い痛みを発していた。口からの呼吸が遮られているために、半ば酸欠の状態になっているらしく、何度も意識が遠のきかけた。

わたしはなぜ、こんなことをしているのだろう？　どうして、こんなことをしていなければならないのだろう？

喉を乱暴に突き上げられながら、頭の片隅でわたしはそんなことを思った。生真面目で努力家で、意志が強くてしっかり者で、男なんかに心を惑わされたことのないこのわたしが、なぜ、こんな馬鹿げたことをしているのだろう、と。

やがて頭上から、林田の呻《うめ》くような声が聞こえた。その直後に、わたしの口の中で男性器が痙攣を開始した。

口の中の男性器は痙攣するたびに、粘着質な精液をどくどくと放出した。その量は驚くほどに多くて、一部が口から溢れて滴り落ちた。

男性器の痙攣は十秒近く続いた。その痙攣が治まるのを待って、男がそれをわたしの口からゆっくりと引き抜いた。

「口の中のものを飲み込め」

林田が冷たく命じた。彼は今もわたしの髪を鷲掴《わしづか》みにしていた。

わたしは命じられた通り、口の中のおぞましい液体を何度かに分けて嚥下《えんげ》した。金の魔力に屈したわたしに、選択肢があるはずもなかった。

12

林田の次は、金髪のノッポと短髪の相撲取りの番だった。

わたしが林田の精液を嚥下した直後に、金髪のノッポがわたしのショーツを引きちぎるかのようにして脱がせた。そして、パンプスとアクセサリー以外は何も身につけていないわたしに、短髪の相撲取りが「おばさん、そこに四つん這《ば》いになれ」と命じた。

おばさんと呼ばれたのは、覚えている限りでは初めてだった。

わたしは男の命令に従い、氷のように冷たい大理石の床に膝と肘《ひじ》を突いて四つん這いの姿勢を取った。

「おばさん、もっと脚を広げろ。もっとだ。もっとだ」

いつの間にか、わたしの背後に跪いていた短髪の相撲取りが命じた。凄まじい羞恥《しゅうち》と嫌悪と屈辱に駆られながらも、わたしはまたその命令に従った。

すぐに短髪の相撲取りがわたしの尻《しり》をがっちりと摑んだ。そして、膣《ちつ》ではなく肛門《こうもん》に男性器の先端を当てがい、自分は腰を突き出しながら、わたしの尻を自分の方に引き寄せた。

「あっ、痛いっ！　いやっ！　そこはいやーっ！」

わたしは身を仰《の》け反らし、髪を振り乱して叫び声をあげた。慎之介からは今も頻繁に肛門を犯されていた。けれど、彼以外の男にそれをされるのは初めてだった。

「あれっ。どんどん入るぞ。おばさん、アナルセックスができるんじゃないか」

わたしの直腸に男性器を押し込みながら、短髪の相撲取りが楽しげに言った。

男性器がわたしの直腸の中に完全に収まると、短髪の相撲取りが荒々しく腰を振り始めた。男は肛門を犯しながら腕を伸ばし、その太い指でわたしの乳房を揉《も》みしだいた。

今ではわたしの肛門は、慎之介によって性感帯のひとつへと完全に変えられていた。けれど今、快楽はまったくなかった。そこにあったのは痛みと屈辱だけだった。

「あっ！　いやっ！　やめてっ！　いやっ！　いやーっ！」

わたしは泣きながら叫び続けた。またしても気が遠くなってしまいそうだった。

だが、叫び続けていることはできなかった。四つん這いになっているわたしの前に跪《ひざまず》いた金髪のノッポが、口に男性器を無理やり押し込んできたからだ。

背後から突き入れられた男性器が凄まじい勢いで直腸を貫き、口に押し込まれた男性器が嫌というほど喉《のど》を突き上げた。二本の男性器が同時に突き入れられるたびに、その二本の先端が体の中で激突するのではないかとわたしは感じた。

正気を保つために、わたしは慎之介の顔を思い浮かべようとした。わたしがこんな試練に耐えているのは、慎之介のためなのだから。

けれど、今はそれさえ難しかった。


ここに来る前に、わたしはある程度の覚悟をしていた。高い報酬はいつだって、それに見合った代償を伴うものなのだから。

けれど、今夜、わたしに襲いかかってきた試練の数々は、予想を遥《はる》かに上まわるものだった。林田と金髪のノッポと短髪の相撲取りは、それぞれが三度か四度ずつ、わたしの口や膣や肛門を犯した。口と膣と肛門を三人で同時に犯したこともあったし、わたしの顔や乳房に白濁した精液を浴びせかけたこともあった。

奴隷でしかないわたしにできたことは、泣き叫ぶことと呻くこと、悶《もだ》えることと喘《あえ》ぐこと、そして、三人の男たちに許しを乞《こ》うことだけだった。

あまりの辛《つら》さに、わたしは何度か気を失った。犯されているうちに、気が遠くなってしまったのだ。けれど、気を失い続けていることはできなかった。わたしが意識を失うたびに、男たちの誰かが頰を張って覚醒《かくせい》させたからだ。

満足いくまで体液の放出を終えると、今度は短髪の相撲取りがわたしに尿を飲ませようとした。

「嫌です。できません。今夜はもう、許してください」

わたしは泣きながら首を左右に振った。慎之介にさえ、尿を飲まされたことはなかった。

「できない？　だったら、できるようにしてやるよ」

短髪の相撲取りが楽しげな口調でそう言うと、十枚ほどの一万円札を筒状に丸め、それをわたしの口に押し込んできた。

わたしは瞬時に、男が何をさせようとしているのかを理解した。そして、短髪の相撲取りから『口を開けろ』と命じられる前に、自ら大きく口を開けて一万円札で作られた筒を受け入れた。

「おばさんは金のためだったら、どんなことでもするんだな」

あざけったような口調で短髪の相撲取りが言った。

すぐに短髪の相撲取りが、わたしが咥えている筒状の紙幣に男性器の先端をあてがい、直後に放尿を開始した。

そのことによって、わたしの口の中を生暖かい尿が、たちまちにして満たしていった。

「おばさん、こぼさずに飲めよ」

なおも放尿を続けながら、短髪の相撲取りが楽しげな口調で命じた。

わたしはひどく噎《む》せながらも、口の中に注ぎ入れられた尿を、ごくごくと喉を鳴らして飲み下し続けた。けれど、尿の量は本当に多くて、その多くが口から溢《あふ》れて床に滴った。

「こぼれてるぞ、おばさん。どんどん飲め」

短髪の相撲取りが、やはり楽しげに言った。

自分が信じられないようなことをしていることはわかっていた。けれど、わたしは悔しいとは感じなかった。

たぶん、すでに人格が崩壊してしまっていたのだろう。


その後、三人の男たちはわたしをベッドルームに連れて行った。

広々としたベッドルームは、目を見張るほどに豪華で洒落《しゃれ》ていた。リビングルームと同じように、その部屋の窓からも無数の光に彩られた横浜港が一望できた。

綺麗《きれい》だな。こんな部屋に慎之介と泊まりたいな。

茫然《ぼうぜん》自失の状態に陥りながらも、わたしはそんなことを考えた。

ベッドルームに移動してからも、三人の男たちはわたしの目の前で新たな紙幣をちらつかせ、わたしに極めて屈辱的な言葉を浴びせ続けながら、これでもかというほど徹底的に、気が遠くなるほど長時間にわたって、わたしを執拗《しつよう》に凌辱《りようじよく》し続けた。

けれど、わたしの人格はすでに完全に崩壊してしまっていたようで、わたしは悔しいとも感じなかったし、悲しいとも思わなかった。『もう、どうでもいいや』という投げやりな気持ちになっていたのだ。一枚でも多くの一万円札を、自分のものにしたいという気持ちも心のどこかにあった。

その後、三人の男たちはバスローブの紐《ひも》を使って、全裸のわたしをベッドに仰向《あおむ》けに、大の字の形に縛りつけた。そして、手足をいっぱいに広げているわたしの膣や肛門に合成樹脂製の電動の擬似男性器を挿入し、気を失いかけながら悶えているわたしの姿をスマートフォンで撮影した。

彼らは本当に執拗だった。それは疲れを知らないロボットのようだった。

男たちはさらに、グロテスクな擬似男性器を突き入れられたままのわたしの体に、熱く溶けた蠟燭《ろうそく》の雫《しずく》を何十滴も滴らせた。けれど、その時のわたしは口にも巨大な擬似男性器を押し込まれていたから、悲鳴をあげることさえままならなかった。

男たちはわたしをいじめるのが楽しくてならないようだった。その後、三人はわたしの股間《こかん》に、スプレー缶に入ったシェービングクリームをたっぷりと吹きつけた。そして、T字型のカミソリを使って性毛のすべてを剃《そ》り落とした。

13

男たちの部屋に行ったのは午後九時だったというのに、わたしがそこを出た時には時計の針は午前一時をまわっていた。

予報の通り、雨が降っていた。かなり強い雨だった。

ホテルの前でタクシーに乗った。本当は節約のために電車で帰りたかったけれど、もう電車は終わっていた。

タクシーのシートに身を預け、わたしは雨粒の流れるサイドウィンドウをぼんやりと見つめた。そこに疲れ果てたような顔の女が映っていた。

ホテルのトイレで顔を洗い、簡単に化粧を直してきたけれど、涙を流し続けていたためにわたしの瞼《まぶた》はひどく腫《は》れ上がっていた。強く打《ぶ》たれた左の頰は、おたふく風邪を引いた時のように腫れ上がり、真っ赤になって熱を発していた。左の耳ではキーンという甲高い音がして、ほかの音がよく聞こえなかった。

トイレで何度も嘔吐《おうと》し、うがいを繰り返したにもかかわらず、喉や歯茎に今も男たちの体液が絡み付いているような気がした。げっぷをすると、尿のにおいがするような気もした。

顔を少し動かすだけで、頭が猛烈に痛んだ。何度も乱暴に犯され、合成樹脂製の擬似男性器を突き入れられた膣《ちつ》と肛門《こうもん》も疼《うず》くような痛みを発していた。悪寒も相変わらず続いていた。とてもだるくて、喉もひりつくように痛かった。

これほど体調が悪いのは初めてだった。今のわたしは息も絶え絶えという状態だった。

それでも、最悪という気分ではなかった。

そう。わたしはやり遂げたのだ。慎之介との人生を切り開くために、わたしは人生で最悪の夜を乗り越えたのだ。

わたしが部屋を出る前に、林田が「今夜は楽しかった。また指名するよ」と穏やかな口調で言った。彼の背後では金髪のノッポと短髪の相撲取りが満足げに頷《うなず》いていた。

その時のことを思い出すと、強い達成感と満足感が込み上げた。

今夜、わたしに襲いかかってきた試練は、本当に耐え難いものだった。けれど、林田がまた指名してくれたら、わたしは喜んでその指名を受けようと考えていた。

雨はさらに強くなったようだった。運転手がワイパーを早くしたけれど、視界はとても悪かった。叩《たた》きつけるように降る雨が、車のルーフを太鼓のように打ち鳴らしていた。

わたしはバッグを開くと、その中でくちゃくちゃになっているたくさんの紙幣を取り出し、その皺《しわ》を伸ばしながら枚数を数えた。

驚いたことに、バッグの中には二百五十枚を超える一万円札が入っていた。そのお金があれば、慎之介の借金を完済するメドがつきそうだった。

都内へと戻るタクシーの中で、わたしは慎之介の顔を思い浮かべた。

あしたの夜、わたしの部屋にやってきて、慎之介が何を言うつもりなのかはわからなかった。もしかしたら、わたしにプロポーズをするつもりなのかもしれなかった。いや、きっとそうなのだろう。だからこそ、わたしにじかに言いたいのだろう。プロポーズされるんだ。わたしは慎之介の妻になるんだ。

そう思って、わたしは腫れ上がった顔に笑みを浮かべた。

第六章

1

三人の男たちから陵辱の限りを受けた翌日、土曜日も前夜からの雨が続いていた。とても冷たい雨だった。

きょうは本当なら、飯島一博とわたしが結婚式を挙げるはずの日だった。親戚《しんせき》や友人や一博の会社の人たちを招いての式は、きょうの正午からの予定で、その後に披露宴が行われるはずだった。

もし、そうなっていたら、わたしは今頃、式場の女性スタッフたちに囲まれて、正午からの式の準備に追われていたに違いなかった。式の翌々日、月曜日には成田《なりた》空港からイタリアへと旅立つ予定になっていた。

けれど、一博のことはもう考えなかった。わたしが今、考えていたのは、慎之介のことだった。それだけだった。

林田に打ち据えられた顔の腫れはかなり引いていたし、瞼の腫れもほぼ治まっていた。けれど、相変わらず、強い悪寒が続いていた。頭痛もひどかったし、喉《のど》もヒリヒリとしていた。

それでも、気分は悪くなかった。慎之介の借金を完済したらふたりで暮らす部屋を借り、娼婦《しょうふ》の仕事は辞めるつもりだった。

午前中に、わたしは傘をさして近所の内科のクリニックに行った。五十代半ばの医師はわたしの症状を風邪だと診断し、何種類かの薬を処方してくれた。

「ありがとうございます」

そう言って診察室を出ようとしたわたしを医師が呼び止め、もう少し体重を増やすように言った。

「自分でもわかっているとは思いますが、平子さんは痩《や》せすぎですよ。無理なダイエットを続けると、将来いろいろなところに影響が出ますよ」

それは健康診断のたびに言われていることだった。けれど、いつものように、わたしはダイエットを止めようとは考えなかった。慎之介はほっそりとした女が好みだったから。

クリニックを出たわたしは、悪寒と頭痛に耐えながら近所のスーパーマーケットで食材を買った。今夜は慎之介の好物を用意するつもりだった。

慎之介はわたしに何を言うつもりなのだろう？

不安な気持ちもなくはなかった。けれど、期待のほうが遥《はる》かに大きかった。

午後になって雨はさらに強くなった。気温もかなり下がったようで、わたしはこの秋初めてエアコンの暖房をつけた。そして、クリニックで処方してもらった薬を服用してから、料理の本と睨《にら》めっこをしながら食事の支度を始めた。今夜はハッシュドビーフとオムレツ、それにポテトサラダとシーフードピラフという洋食のメニューにする予定だった。

医師が処方してくれた薬はよく効いたようで、悪寒は少しずつ消えていった。頭痛もなくなりつつあった。

料理を続けながら、わたしは何度となく慎之介の顔を思い浮かべた。

今夜も彼はわたしの体を求めるに違いなかった。その時には間違いなく、わたしの股間の毛が剃り落とされていることに気づくはずだった。

わたしは彼には自分で剃ったと言うことにしていた。どうしてそんなことをしたのかと訊《き》かれたら、「何となく」と言って、笑ってごまかすつもりだった。慎之介は嫉妬《しっと》深い性格ではなかったから、そのことをそんなに詮索《せんさく》をすることはないはずだった。


ドラッグストアのアルバイトは午後八時までだから、九時にはわたしの部屋に来られると慎之介は言っていた。けれど、彼はいつまで経ってもやってこなかった。

わたしは壁の時計を何度となく見上げながら、椅子に座って彼を待ち続けた。わたしはすでに入浴を済ませ、踝《くるぶし》までの丈の白いネルのナイトドレスを身につけて、その上にキルティングのガウンを羽織っていた。

ハッシュドビーフとポテトサラダと、シーフードピラフはすでに作ってあった。オムレツは食事を始める直前に調理するつもりだった。

雨は時間とともに激しさを増していた。風も強くなっていた。このマンションから地下鉄の駅までは五分ほどだったけれど、この風雨では慎之介はびしょ濡《ぬ》れになってしまうかもしれなかった。

慎之介がようやくエントランスホールのインターフォンを鳴らしたのは、間もなく十時になろうとしていた頃だった。

「こんばんは、奈々ちゃん」

ドアを開けた慎之介が言った。彼の傘の先からは、ぽたぽたと雫《しずく》が滴り落ちていた。

慎之介の顔を目にした瞬間、わたしは歓喜に身を震わせた。彼の顔を見るたびに、わたしはそうしていたのだ。

「おかえり、慎之介。遅かったのね。待ちくたびれちゃったわ」

わたしは唇を尖《とが》らせ、拗《す》ねたような顔をしてみせた。

「ごめん。あの……バイト中に電話がかかってきて……仕事のあとでかけ直していたんだ」

濡れた靴をたたきで脱ぎながら、わたしの顔は見ずに慎之介が言った。その口調が少し沈んでいるように感じられた。横殴りの雨が降っているせいで、彼の体はびしょ濡れだった。

慎之介が誰と電話で話していたのかを知りたかった。けれど、わたしは訊かなかった。あれこれと詮索するような嫉妬深い女だと思われたくなかったから。

ここにきた時の彼は、たいていわたしを抱き締めてくれる。だから、わたしはそれを期待した。けれど、今夜の彼はそれをしようとはしなかった。

「慎之介、ご飯にする？　お風呂《ふろ》にする？　それとも、エッチにする？」

おどけた口調でわたしは訊いた。

体調はあまりよくなかったし、昨夜、男たちにさんざん犯されたせいで、膣や肛門が今も疼いていた。それでも、今すぐ彼に抱かれたい気分だった。ナイトドレスの下に、わたしは慎之介好みのエロティックなレースの下着を身につけていた。

「うん。あの……冷えたから、先に風呂に入ってくるよ」

ようやくわたしに顔を向けた慎之介が言った。顔には笑みが浮かんでいたが、その笑みはどことなく強張《こわば》っているようにも見えた。

慎之介が入浴しているあいだに、わたしは濡れた慎之介の上着を干し、浴室の入り口に着替えの下着とパジャマを置いた。わたしの部屋には彼の衣類がたくさんあった。

キッチンに戻ったわたしは、オムレツを作ったり、ハッシュドビーフを温め直したり、食器をテーブルに並べたり、グラスとビールを用意したりした。慎之介とふたりでいる時のわたしは、自分でも呆《あき》れてしまうほど甲斐甲斐《かいがい》しいのだ。

いつもは烏の行水の慎之介がなかなか浴室から出てこないので、わたしは彼の様子を覗《のぞ》きに行った。

浴室での彼はしばしば歌を歌っていた。けれど、今夜、浴室から聞こえてくるのは水の音だけだった。

浴室のドアは半透明の合成樹脂製だったから、髪を洗っている彼の後ろ姿がぼんやりと見えた。二十六歳の今も、慎之介は少年のような体つきをしていた。

「慎之介、今夜はずいぶんと長湯なのね？」

わたしはドアの向こうで髪を洗っている慎之介に声をかけた。

「うん。冷えちゃって……もうすぐ出るよ」

「急がなくていいのよ、ゆっくり温まってきて」

ドアの向こうにそう言うと、わたしは部屋に戻って彼を待った。

そして、わたしはようやく、一博のことを考えた。わたしたちの初夜となるはずだった今夜を、彼は何を考えながら、どんなふうにすごしているのだろうか、と。

だが、その瞬間、浴室のドアが開けられ、わたしはたちまちにして一博のことを忘れた。

パジャマを着た慎之介が、濡れた髪をバスタオルで拭《ふ》きながら戻ってきた。

「どう、温まった？」

「うん。温まったよ」

髪を拭き続けながら慎之介が答えた。

わたしとふたりでいる時に慎之介は、いつも子供みたいにふざけて、馬鹿な冗談ばかり口にしている。けれど、今夜の慎之介は別人かと思うほどに無口だった。

そのことがわたしを不安にさせていた。そんな彼を見たことが、以前も一度あったから。

「さあ、慎之介。そこに座って」

そう言うと、わたしは彼と自分のグラスに冷えたビールを注ぎ入れた。わたしは冷たい飲み物が苦手だったけれど、彼に合わせて、いつも最初はよく冷やしたビールを飲んでいた。

慎之介が椅子に座り、わたしは彼の向かいに座った。

「じゃあ、乾杯」

グラスを持ち上げてわたしは笑顔で言った。今、目の前に彼がいることが嬉《うれ》しかった。

慎之介は何も言わずにグラスを手に取り、それをわたしのグラスに軽く触れあわせた。

「冷めないうちに食べてね」

「うん。ありがとう」

ビールを一口飲んだ慎之介が、グラスを手にしたままわたしの顔を見つめた。その表情がひどく沈んでいるように見えた。

「そんなに深刻な顔して、どうしたの？」

自分からは何も訊かないつもりだった。それにもかかわらず、わたしは尋ねた。

「うん。あの……奈々ちゃん。実は、あの……カオリとよりを戻すことにしたんだ」

難しい顔をした慎之介が、言いにくそうにそう口にした。

「よりを戻すって……どういうこと？」

「だから、あの……カオリと再婚することに決めたんだよ」

その言葉が耳に届いた瞬間、四年前と同じように、わたしの頭の中は真っ白になった。

2

慎之介の元妻から彼に、『もう一度、やり直したい』という連絡が来たのは二日前、木曜日のことだった。彼の妻だったカオリという女は自分の非を詫《わ》びたあとで、娘のためにも再婚に応じて欲しいと慎之介に言ったようだった。

「カオリのお父さんも、僕たちの再婚を望んでいるみたいなんだ。もし、僕が再婚に応じたら、会社に戻ってきていいとも言ってくれたんだ。それで、あの……僕もずいぶんと悩んだんだけど、菜花《なばな》のためにもカオリともう一度、やり直してみようと決めたんだ」

テーブルに並べられた食事には手をつけず、慎之介が顔を俯《うつむ》かせて言った。『菜花』というのは慎之介の長女の名前だった。

慎之介が話しているあいだずっと、わたしは無言でそれを聞いていた。心の中では、自分が悪い夢を見ているのではないかと考え続けていた。

そう。これは悪夢に違いなかった。

わたしは慎之介のために、まさにきょう行われるはずだった一博との婚約を取りやめたのだ。一博に少なからぬ額の慰謝料を払い、式場とハネムーンの予約をキャンセルし、両親に謝罪をし、招待状を送った人々に詫び状を送ったのだ。それだけでなく、わたしは今も慎之介の借金を返済するために、体を売るということを続けているのだ。

それなのに……慎之介と一緒にいるために、これほどの代償を支払ってきたというのに……こんなにも不条理なことが許されていいはずはなかった。

「わたしはどうなってもいいの？　わたしのことは、何ひとつ考えていないの？」

わたしは慎之介を見つめた。視界が涙でひどくぼやけていた。

「奈々ちゃんには本当に悪いことをしたと思ってる。でも……許して欲しいんだ」

慎之介がわたしを見つめた。彼の目にも涙が浮かんでいた。

こんな時だというのに、わたしは慎之介の顔をとても可愛いと思った。美しいとも感じたし、綺麗《きれい》だとも思った。

「許せないわ。許せるわけがないでしょう？」

声を震わせて、わたしは言った。涙がさらに込み上げ、頬を伝って流れ始めた。

慎之介のために、自分が体を売っていることを言いたかった。昨夜、わたしがあれほどの恥辱と屈辱に耐えたのは、すべて彼のためだったのだ、と。彼さえ姿を現さなければ、わたしは今夜、花嫁として一博の脇で微笑んでいられたのだ、と。

けれど、言わなかった。たとえ何を言っても、慎之介の心を変えることはできないとわかっていたから。

言葉を口にする代わりに、わたしは両手で顔を覆った。そして、声をあげ、肩を震わせて思い切り泣いた。

慎之介は何も言葉を口にしなかった。泣き崩れているわたしの向かいで、あの可愛らしい顔を俯かせていただけだった。

雨は一段と激しさを増しているようだった。風もさらに強くなっているらしく、窓ガラスに叩《たた》きつける雨のバチバチという音が絶え間なく聞こえた。

これ以上はないという絶望に支配されて、わたしは十分近くにわたって泣き続けていた。

慎之介を恨んではいたけれど、心の中ではこれは罰なのかもしれないとも考えていた。わたしは一博に同じことをしたのだ。わたしは一博を絶望の淵《ふち》に突き落としたというのに、彼の気持ちを深く考えることはほとんどしなかったのだ。

こんなにまでひどいことをした女が、報いを受けずに済むはずがなかった。わたしだけが幸せになっていいはずはなかった。

涙を流し続けながらも、わたしはようやく顔を上げた。そんなわたしを慎之介がいたたまれないような顔で見つめた。

「抱いて、慎之介……最後に、もう一度抱いて……」

涙に滲《にじ》む慎之介の顔を見つめてわたしは言った。

「でも、あの……奈々ちゃん……」

慎之介の目もまた、涙で潤んでいた。

「抱いて、慎之介……お願い……何も言わずに抱いて……」

声を震わせて、わたしは繰り返した。目から溢《あふ》れ続ける涙が、ナイトドレスに滴り、真っ白なネルの生地にいくつもの染みを作っていた。

慎之介が何も言わずに立ち上がり、わたしの脇に歩み寄った。彼は両手でわたしの顔を挟むようにして上を向かせ、わたしの唇に静かに唇を重ね合わせた。

3

いつものように今夜も、慎之介によって与えられる刺激のひとつひとつに、わたしは淫《みだ》らに喘《あえ》ぎ悶《もだ》えた。

けれど、それはすべて演技だった。どういうわけか、今夜のわたしは少しも感じなかったのだ。彼との行為で快楽を覚えなかったのは初めてのことだった。

慎之介の愛撫《あいぶ》を受けている時には、ふだんは何も聞こえない。聞こえていたのかもしれないけれど、周りの音が気になったことは一度もない。けれど今夜は、自分の喘ぎ声が途絶えるたびに、窓ガラスをやかましく叩く雨音がよく聞こえた。車のエンジン音や、クラクションの音も聞こえた。

わたしの股間《こかん》の毛がすべて剃《そ》り落とされていることに、慎之介は気づいているはずだった。だが、そのことについて、彼は何も訊《き》かなかった。わたしも何も言わなかった。

わたしが絶頂に達したフリをして体を激しく痙攣《けいれん》させた直後に、慎之介がベッドの上に仁王立ちになった。そして、わたしの髪を軽く摑《つか》んで、いきり立った男性器を口に深々と押し込んできた。

ああっ、これが最後だ。慎之介にオーラルセックスをしてあげるのも、これが最後なんだ。

醒《さ》めた頭でそんなことを考えながら、わたしは前後にせわしなく顔を打ち振り続けた。巨大な男性器がわたしの唇を引きつらせながら、出たり入ったりを繰り返した。泣くつもりなんかなかったのに、オーラルセックスをしているあいだずっと、わたしの目からは涙が溢れ続けていた。そのせいで、ひどく鼻が詰まって苦しかった。

十分近くにわたってオーラルセックスを続けさせたあとで、彼はわたしに四つん這《ば》いの姿勢を取らせた。そして、自分はわたしの背後に跪《ひざまず》いて男性器を挿入し、荒々しく前後に腰を打ち振り始めた。

慎之介は腰を振りながらわたしの乳房を揉《も》みしだいたり、背後からわたしの髪を摑んで振り向かせ、唇を激しくむさぼったりもした。

「いやっ！　あっ！　ダメよ、慎之介っ！　感じるっ！　あっ、いやっ！　うっ！　ああっ、ダメっ！」

男性器の先端が子宮を荒々しく突き上げるのを感じながら、わたしは両手でシーツを握り締め、枕に額を擦《こす》りつけて声をあげた。

四つん這いの姿勢で慎之介と交わるのがわたしは好きだった。こんなふうに背後からの挿入を受けると、無防備な自分が彼に完全に支配され、獣のように犯されているように感じられて、いつもひどく高ぶったものだった。

けれど、今夜はやはり少しも感じなかった。

冴《さ》えていく頭の中で、わたしはあしたからのことを考えた。慎之介のいない日々を、どうやって生き抜いていこうか、と。

だが、慎之介のいない人生を考えることは難しかった。今のわたしにとって、慎之介は生きる目的のすべてだった。慎之介はわたしの人生そのもの、わたしの全世界だった。

わたしのものだ。慎之介はわたしのものだ。ほかの女には渡さない。絶対に渡さない。

背後から犯され、髪を振り乱して喘ぎ悶えながら、わたしはそんなことを考えていた。


行為を終えたわたしたちは、全裸のままベッドに並んで横たわった。

「ごめんね、奈々ちゃん。ごめんね」

わたしの顔を覗《のぞ》き込むようにして慎之介が繰り返した。

「いいのよ。もういいの」

慎之介の顔を見つめて、わたしはそっと微笑んだ。

「許してくれるの？」

少し驚いたような顔をして慎之介が訊いた。

「ええ。許すわ。許せないけど、許してあげる」

わたしは微笑みながら頷《うなず》いた。

次の瞬間、慎之介がわたしの体を強く抱き寄せ、わたしの耳元で「愛してるよ、奈々ちゃん。好きだよ。大好きだ」と囁《ささや》いた。

その言葉に、わたしは無言で頷いた。

4

疲れているらしい慎之介は、すぐに寝息を立て始めた。

そんな彼の脇で、わたしは暗がりにうっすらと浮き上がった壁の時計を、じっと見つめていた。

あと五分こうしていよう。

わたしは思う。

すぐにその五分が経過する。

あと五分だけ、慎之介の温《ぬく》もりを感じていよう。

わたしは思う。

だが、またその五分が瞬く間に経過する。

あと五分……あと五分……あと五分……あと五分だけ……。

そんなことを何度も何度も繰り返したあとで、わたしは静かにベッドの上に体を起こし、眠っている慎之介の顔をまじまじと見つめた。それから、そっとベッドを出ると浴室に行き、脱衣場の棚にあったバスローブからタオル地の紐《ひも》を引き抜いてベッドに戻った。

慎之介を起こさないように、わたしはバスローブの紐をそっと彼の首の下に差し込んだ。そして、その紐を彼の喉仏《のどぼとけ》のところで交差させ、紐の両端を強く握り締めてから、腰を浮かせるような姿勢で彼に馬乗りになった。

見下ろすと、突き出した自分の腰骨や、えぐれるほどに凹《へこ》んだ腹部や、毛の一本も生えていない股間が見えた。

ごめんね、慎之介。許してね。わたし、慎之介をほかの女に渡したくないのよ。慎之介はわたしだけのものなんだから。

眠り続けている慎之介に、わたしは心の中でそう語りかけた。そしてその直後に、もう何も考えず、わたしは腕を左右に一気に広げ、渾身《こんしん》の力を込めて慎之介の首を絞め始めた。

女のように細い慎之介の首に、バスローブの紐が深々と食い込み、その瞬間、慎之介がカッと目を見開き、驚いたようにわたしを見つめた。

「うっ……うぐっ……ぐうっ、ぐっ……」

苦しげに顔を歪《ゆが》めた慎之介の口から、意味をなさない声が漏れた。可愛らしいその顔が、真っ赤に染まっていくのが暗がりの中でもよくわかった。

「ごめんね……ごめんね……ごめんね……ごめんね……」

わたしは呻《うめ》くように繰り返した。けれど、腕の力を緩めはしなかった。

次の瞬間、慎之介がわたしの両手首をがっちりと握り締めた。

それは予想していたことだった。わたしより遥《はる》かに力のある慎之介が、わたしなんかに絞め殺されるはずがなかった。

すぐに慎之介がわたしの行為を中断させ、首に巻きつけられたバスローブの紐を振り払うだろうとわたしは思った。そして、わたしを怒鳴りつけ、突き飛ばすに違いない、と。

だが、不思議なことに、慎之介は抗《あらが》うことをまったくせず、わたしの手首を握った手をすぐに放してしまった。

えっ？　どうしたの？　どうしてやめさせないの？

彼の首を絞め続けながら、わたしは心の中で悲鳴をあげた。

苦しみに顔を歪めた慎之介が、わたしをじっと見つめた。そして、何度か頷いたあとで、その目をゆっくりと閉じた。

「いやっ……いやっ……いやっ……」

わたしはまた呻くように繰り返した。慎之介が死を受け入れようとしていることが恐ろしかった。

それでも、わたしは腕の力を緩めることなく、歯を食いしばって慎之介の首を絞め続けた。

いったい、どのくらいのあいだ、慎之介の首を絞め続けていたのだろう。五分だったかもしれないし、十分だったかもしれない。いや、たぶんそれより、ずっと長いあいだだったのだろう。

やがて、わたしは腕の力を緩めた。そして、感覚がほとんどなくなってしまったその手で、慎之介の顔にそっと触れた。

慎之介の顔は少しだけべとついていて、いつもと同じように温かった。

「慎之介……慎之介……」

上ずった声でわたしは彼の名を呼んだ。

けれど、彼は目を開かなかった。

すぐにわたしは慎之介の口に顔を寄せた。

彼は呼吸をしていないように感じられた。

「慎之介っ！　慎之介っ！」

強い恐怖に駆られて、わたしは慎之介の体を激しく揺すった。

だが、彼はやはり目を開かなかった。身動きすることもなかった。

「あぁっ、ダメよ……慎之介……死なないで……死なないで……」

声をわななかせながら、わたしは慎之介の胸に耳を押し当てた。

彼の胸はいまだに熱いほどの体温を発していたけれど、どれほど耳を澄ませても、心臓の鼓動は聞こえなかった。

わたしは慌てて彼を蘇生《そせい》させようとした。高校の保健体育の授業で習った心臓マッサージと人工呼吸を繰り返したのだ。

「死なないで、慎之介っ！　お願いっ！　お願いだから、生き返ってっ！」

心臓マッサージをしながら、わたしは叫ぶように繰り返した。

けれど、心臓マッサージと人工呼吸を何度繰り返しても、慎之介が息を吹き返すことはなかった。

「いや……いや……いや……いやーっ！　いやーっ！」

わたしは身をよじって悲鳴をあげた。そして、涙を溢《あふ》れさせながら、両手で自分の髪をめちゃくちゃに掻《か》き毟《むし》った。

エピローグ

窓ガラスを叩《たた》く雨音が続いていた。風はさらに強くなったようで、時折、すごい音を立てて雨粒が窓ガラスに打ちつけられていた。

その晩、わたしは死体になってしまった慎之介の体を抱き締めて眠った。

いや、眠ったという感覚はなかった。それでも、多少は微睡《まどろ》んだのかもしれない。いくつかの夢を見た。その夢のひとつの中で、わたしはトライアングル型の黒いビキニ姿で、慎之介とプールサイドでビールを飲んでいた。

かつてのわたしたちは、夏には何度もホテルのプールに行った。そういう時のわたしは、いつも慎之介が選んだセクシーなビキニを身につけたものだった。

「奈々ちゃん、何人もの男たちが奈々ちゃんをエッチな目で見てるよ」

慎之介は何度となく嬉《うれ》しそうに、そんなことを口にしたものだった。

「恋人がほかの男にエッチな目で見られても平気なの？」

わたしは一度、そう尋ねてみたことがあった。

「平気だよ。奈々ちゃんみたいないい女を、僕は男たちに見せびらかしたいんだから」

あの時、慎之介は無邪気な笑みを浮かべてそう言った。

最初は温かかった慎之介の体は、時間の経過とともに少しずつ冷えていった。それが悲しかった。

慎之介を殺したことを、わたしは後悔していた。わたしはひとりの人間を抹消してしまったのだ。あんなに元気で、あんなに溌剌《はつらつ》としていて、あんなにお茶目で、あんなに明るかった慎之介を、わたしはこの世から永久に消してしまったのだ。

できることなら、時間を巻き戻したかった。慎之介を殺す前に戻りたかった。

けれど同時に、わたしは安堵《あんど》してもいた。

そう。これでもう、慎之介をほかの女に奪われることはないのだ。

「好きよ、慎之介……すごく好きよ……」

慎之介の死体を強く抱き締め、わたしは何度もそう囁《ささや》いた。

朝が来た。

いつの間にか、雨は上がったようだった。カーテンの合わせ目から、朝の光が細く差し込んでいた。

わたしはベッドに上半身を起こし、仰向《あおむ》けに横たわっている慎之介を見つめた。

ほっそりとした彼の首には、バスローブの紐《ひも》の跡が赤黒い痣《あざ》となって醜く残っていた。

けれど、その顔はいつもの寝顔と何ひとつ変わらなかった。今にも目を開けて、「おはよう、奈々ちゃん」と微笑みそうだった。

何て可愛い顔なんだろう。何て綺麗《きれい》な顔なんだろう。

これまでに何百回と思ったことを、今またわたしは思った。

わたしは再びベッドに身を横たえ、今ではわたしより冷えてしまった慎之介の体を強く抱き締めた。

「ごめんね、慎之介……ごめんね……」

夜のあいだ何度もしたように、わたしはまた彼の耳元で囁いた。

すでにわたしは心を決めていた。慎之介はわたしの全世界だったのだから、彼がいなくなった今、わたしがすることはひとつだけのはずだった。

それでも、きょう一日……できることならあしたも、あさっても……こうして慎之介の隣で身を横たえているつもりだった。

「好きよ、慎之介……大好き……大好き……」

わたしはまた彼の耳元で囁いた。そして、彼の肩に顔を押しつけるようにして目を閉じた。

窓の外から、キジバトのものらしき鳥の声が聞こえた。

あとがき

道端に転がっている無数の石ころのひとつを描くように……あるいは、その石ころのすぐ脇に生えている雑草の一本を描くように……そして、石ころの下の湿った土の上でうごめいている名も知れぬ虫たちの一匹を描くように……これまでに僕は、人々の注目を浴びることなく、ひっそりと生きている人物のことを何度となく書いてきた。

『アンダー・ユア・ベッド』の三井直人、『死人を恋う』の石原裕識、『復讐執行人』の草野純一郎、『甘い鞭』の藤田赳夫、『殺意の水音』の香取純一……いつくかの短編にも、そういう男たちを書いたことがある。

いつも人々の中心にいるような人物より、人々の輪の外側にぽつんと佇《たたず》んでいるような人物に、どういうわけか、僕は魅力を感じる。世界の中心で声高に主張をする人物ではなく、世界の片隅で顔を俯《うつむ》かせ、何も言わずに立ち尽くしている人物の代弁者になりたいと、なぜか思い続けている。

魅力を感じる？　代弁者になりたい？

いや、それは綺麗《きれい》事にすぎないのかもしれない。僕は結局、三井直人や石原裕識を、草野純一郎や藤田赳夫や香取純一を、罪を犯す者として描いてきたのだから。

世間から引きこもりと呼ばれるような人物やその家族が、最近、いくつかの大きな事件を引き起こした。そしてその後、マスコミを通して声高にものを言う何人かが、引きこもりと呼ばれるような人たちを『犯罪者予備軍』なのだと決めつけ、この問題を特殊な個人の責任に転嫁することで簡単に説明しようとしている。

引きこもり、イコール、犯罪者予備軍？

そのわかりやすさに頷《うなず》く人もいるだろう。だが、それはまったく違うと僕は思う。

ここではっきりと言いたい。僕は三井直人や石原裕識を、草野純一郎や藤田赳夫や香取純一を、非難したり、攻撃したり、中傷したりするつもりで一連の小説を書いたわけではない。

彼らを書いている時、間違いなく僕は彼らの側に立っていた。彼らに寄り添い、その気持ちを想像し、彼らに成り切って書いていたのだ。僕は彼らの敵ではなく、味方のつもりでいたのだ。

それでも、僕の一連の小説を読んで傷ついた人たちがいたとしたら、僕は彼らに謝罪しなければならないだろう。

あなたたちを傷つけるつもりはまったくありませんでした。どうか、許してください。

この作品の女性主人公、平子《ひらこ》奈々《なな》が愛した江口《えぐち》慎之介《しんのすけ》という男は、三井や石原や草野たちとは正反対と言ってもいいような人物だ。何か特別なことをしてきたというわけでもないのに、明るくて容姿のいい慎之介は、常に人々の注目を集め、女たちから好かれ、愛され、どんなことをしても許されてしまう。

自分で産み出した登場人物であるにもかかわらず、僕はこの本を書いているあいだずっと、慎之介だけがどうしてこんなにもチヤホヤされるんだと思っていた。そんなことって、あんまりにも不公平じゃないか、と。

そう。世の中は不公平なのだ。とてつもなく不公平なのだ。

世界の富と幸福は、あまりにも偏って分配されている。

僕は今まで、何度となくそれを書いてきた。五十八年という時間を生きてきて、本当にそう感じてきたからだ。

その不公平さをなくすために、今まで大勢の人が努力を続けてきたし、これからも続けていくのだろう。

その努力が無駄だと言うつもりはない。けれど、おそらく、世界から不公平はなくならないだろう。どれほど優れた政治家や社会運動家が現れようと、この不公平はたぶん永久に続くのだろう。

ありあまるほどの富を有している者と、貧困に喘《あえ》ぐ者。幸福を嚙《か》み締《し》めることができる者と、不幸に取《と》り憑《つ》かれた者。そして、愛を独占している者と、愛情から見放された者。

作家としての僕にできることは、この不公平から目を逸《そ》らさず、書き続けることだと思っている。読者のみなさま、これからも応援をお願いいたします。

本作の執筆にあたっては、角川ホラー文庫編集長の野崎智子氏と、担当編集者の耒礼美子氏からたくさんのアドバイスをいただいた。特に、中学生の頃からの僕の愛読者だという耒氏には、初期の構想の段階から支えていただいた。この場を借りて感謝します。野崎さん、耒さん、ありがとうございました。また何とか本ができました。真摯《しんし》に書き続けるつもりですので、引き続きよろしくお願いいたします。

二〇一九年　雨の降る夏至の夜　横浜市青葉区の自宅にて

大石　圭

本書は角川ホラー文庫のための書き下ろしです。
また、本書はフィクションであり、実在の人物や団体、地域とは一切関係ありません。

溺《おぼ》れる女《おんな》
大石《おおいし》 圭《けい》

角川ホラー文庫　21777

令和元年8月25日　初版発行
令和6年12月5日　4版発行

発行者——山下直久
発　行——株式会社KADOKAWA
〒102-8177　東京都千代田区富士見2-13-3
電話 0570-002-301（ナビダイヤル）
印刷所——株式会社KADOKAWA
製本所——株式会社KADOKAWA
装幀者——田島照久

●お問い合わせ
https://www.kadokawa.co.jp/（「お問い合わせ」へお進みください）
※内容によっては、お答えできない場合があります。
※サポートは日本国内のみとさせていただきます。
※Japanese text only

ISBN978-4-04-108565-3　C0193

角川文庫発刊に際して

角川源義

第二次世界大戦の敗北は、軍事力の敗北であった以上に、私たちの若い文化力の敗退であった。私たちの文化が戦争に対して如何に無力であり、単なるあだ花に過ぎなかったかを、私たちは身を以て体験し痛感した。西洋近代文化の摂取にとって、明治以後八十年の歳月は決して短かすぎたとは言えない。にもかかわらず、近代文化の伝統を確立し、自由な批判と柔軟な良識に富む文化層として自らを形成することに私たちは失敗して来た。そしてこれは、各層への文化の普及滲透を任務とする出版人の責任でもあった。

一九四五年以来、私たちは再び振出しに戻り、第一歩から踏み出すことを余儀なくされた。これは大きな不幸ではあるが、反面、これまでの混沌・未熟・歪曲の中にあった我が国の文化に秩序と確たる基礎を齎らすためには絶好の機会でもある。角川書店は、このような祖国の文化的危機にあたり、微力をも顧みず再建の礎石たるべき抱負と決意とをもって出発したが、ここに創立以来の念願を果すべく角川文庫を発刊する。これまで刊行されたあらゆる全集叢書文庫類の長所と短所とを検討し、古今東西の不朽の典籍を、良心的編集のもとに、廉価に、そして書架にふさわしい美本として、多くのひとびとに提供しようとする。しかし私たちは徒らに百科全書的な知識のジレッタントを作ることを目的とせず、あくまで祖国の文化に秩序と再建への道を示し、この文庫を角川書店の栄ある事業として、今後永久に継続発展せしめ、学芸と教養との殿堂として大成せんことを期したい。多くの読書子の愛情ある忠言と支持とによって、この希望と抱負とを完遂せしめられんことを願う。

一九四九年五月三日